Geschichten

vom

Leben geschrieben

Ekkehard Meyer

Heitere und besinnliche Geschichten,

die jedem begegnen könnten

Covergestaltung: Hans-Jürgen Bock

© Alle Rechte vorbehalten

Wiedergabe, auch auszugsweise, nur mit ausdrücklicher
Genehmigung des Verfassers

Die Erstausgabe erschien 2019

Herstellung und Verlag: BoD- Books on Demand, Norderstedt

ISBN 978-3-7504-2271-1

Der Autor

Ekkehard Meyer wuchs mit Bruder und Schwester im Nachkriegsberlin auf. Als Schüler begeisterte er sich für den Zusammenschluss Europas und hatte die Gelegenheit in Gastfamilien in Frankreich und England zu leben. Er gründete zusammen mit Freunden die EAG, eine Arbeitsgemeinschaft, die eine Vereinigung Europas unterstützte, und für die er Manifeste und Liedertexte verfasste. Der Autor studierte Wirtschaftswissenschaften und Maschinenbau und erlebte intensiv die 1968-er Protestbewegung der Studenten.

Die berufliche Tätigkeit führte ihn in mehrere Städte des süddeutschen Raums. Er gestaltete für Industriebetriebe die ausländischen Vertriebswege und hatte dabei die Gelegenheit die Lebensweise und Mentalität anderer Kulturen schätzen zu lernen.

Als der Broterwerb nicht mehr im Mittelpunkt stand, widmete er sich der Literatur und wurde Mitglied der Literarischen Gesellschaft Karlsruhe. Einige seiner Kommentare und seine Bücher: Der Europäische Schatten, Der geliehene Partner, Wirtschaft ohne Moral, Die Frau, das Mann, Packende Erzählungen, wurden veröffentlicht. Ekkehard Meyer ist Vater von zwei erwachsenen Söhnen. Ihm wurden vier muntere Enkelkinder beschert.

Kurzfassung

Ekkehard Meyer kann als reifer Mann aus einem Fundus von Erlebnissen und Beobachtungen schöpfen. Er lässt beim Lesen den sinnlichen Rausch einer Nacht und die Tragik des verschmähten Freiers erleben. Es entstehen Sympathien für das kauzige Verhalten des liebenswerten Chaoten, für die fordernde Tochter und den unbeugsamen Aussteiger. Er beschreibt Entspannung vor dem Kamin und macht neugierig auf die Metamorphosen seiner Protagonisten bis hin zum Ende des Weges.

Seine Geschichten geben Leser und Leserin die Gelegenheit zu einem Blick hinter die Fassaden und sparen nicht mit Überraschungen. Die Lektüre führt zum Schmunzeln und Nachdenken, in jedem Fall berührt sie.

Inhaltsverzeichnis

	Seite
Der Autor	3
Kurzfassung	4
Kapitel	5
01 Ein liebenswerter Chaot	7
02 Der verführte Student	19
03 Die Panne in Salerno	38
04 Der Rausch einer Nacht	49
05 Die Freundin meines Sohnes	60
06 Der offene Kamin	75
07 Die Geburtstagsfeier	86
08 Meine ältere Partnerin	96
09 Der unbeugsame Aussteiger	110
10 Der verschmähte Freier	122
11 Das verzögerte Eheversprechen	136
12 Der rasende Weihnachtsmann	145
13 Meine Skatrunde	158
14 Die fordernde Tochter	173
15 Die ältere Schwester	185
16 Am Ende des Weges	198

01. Ein liebenswerter Chaot

Für die Dachgeschosswohnung meines Hauses suchte ich einen Mieter und hatte einige der Interessenten zu einer Wohnungsbesichtigung eingeladen. Die Nachfrage nach bezahlbarem Wohnraum war groß, daher gab es zahlreiche Bewerber. Ich beobachtete einen etwa dreißig Jahre alten Mann, der auf unser Haus zukam, mit dem Gang aus der Hüfte heraus, wie der Cowboy John Wayne, bei der Jagd auf Indianer. Er klingelte und als ich öffnete, hatte er ein Strahlen im Gesicht: »Hallo, ich bin der Sebastian«, als müsste jeder diesen Sebastian kennen. Er war zehn Zentimeter zu klein, um eine stattliche Erscheinung zu sein, war braun gebrannt, sah gut aus und verfügte über eine ansteckende Fröhlichkeit: »Hier soll heute die Schlacht um eine Wohnung stattfinden. Ich bin einer von den Kämpfern und zwar der unwürdigste Bewerber, der gerne lange schläft, nur arbeitet wenn er muss, seinen Hobbys nachgeht und nicht gerne putzt.«

Mich überraschte sein freimütiges Geständnis, und ich empfand sofort Sympathie für diesen Schöngeist. Ich führte Sebastian ins Haus, stellte die Standardfragen und zeigte ihm das Mietobjekt. Er lief interessiert durch die Wohnung, schaute in alle Ecken, wie ein Kammerjäger bei der Suche nach Ungeziefer, befühlte das Bett und öffnete das Dachflächenfenster: »Der Rahmen ist hier in der Ecke verrottet, das sollten Sie so nicht lassen, ich werde das ausbessern, habe einmal in einer Schreinerei gearbeitet.«

Er zeigte gleich Fürsorge für das Objekt, und so entstand der Eindruck, ich hätte ihm die Wohnung schon zugesagt. Es kam ihn nicht in den Sinn, dass nicht er, sondern ein Anderer, die Zusage erhalten könnte. Sebastian legte ein Bandmaß auf den Boden und murmelte: »Das müsste ausreichen.« Schließlich wurde die Wand beklopft und gefragt: »Hält die Gipswand den Haken für meine Hängematte aus?« Ich wusste die Antwort nicht, und sie schien ihn auch nicht zu interessieren, er führte mehr ein Selbstgespräch. An der Stelle, wo vorher das Bett stand, war der Teppich deutlich heller, und ich erklärte mich bereit den Teppich zu erneuern. Sebastian schmunzelte: »Das soll so bleiben, wenn ich in meiner Hängematte liege, erinnert es mich an den Zusammenfluss des lehmigen Amazonas mit dem schwarzen Rio Negro, die Wassermassen fließen über Kilometer getrennt, ohne sich zu vermischen.«

Ich war neugierig auf diesen liebenswerten Weltenbummler und fasste den Entschluss diesem Bewerber die Wohnung zu geben. »Können sie mir beim Tragen meiner Werkbank behilflich sein? Sie ist noch im Auto«, kam er ohne Umschweife zur Sache. Die Werkbank fand ihren Platz im Wohnzimmer, dazu gesellte sich noch eine Platte, auf der Ringschlüssel Zangen und Schraubendreher aufgereiht waren. Eine ausgefallene, romantische Zierde für den Wohnbereich, dachte ich.

Im Laufe der nächsten Wochen pflegten wir einen regen Meinungsaustausch und Sebastian stellte meiner Frau und mir seine Freundin Angie vor. Sie studierte Medizin, war bildhübsch, etwa zwanzig Jahre jung, hatte zwei gutaussehende Schwestern und vergötterte unseren Mieter. Gelegentlich versammelte er den gesamten Harem um sich. An einem Abend, wir saßen am Tisch beim Abendessen, gesellte sich Sebastian zu uns: »Hier riecht es gut«, bemerkte er, ging in die Küche, schaute in den Topf, »das reicht für mehrere«, setze sich an den Tisch und blickte mich erwartungsvoll an. Ich füllte dem unerwarteten Gast einen Teller.

»Ich werde für euch meine berühmten Kiftas zubereiten. Es wäre schön, wenn eure Söhne auch dazu kämen.«

Wir vereinbarten für Samstag um achtzehn Uhr ein Festessen in unserem Garten, Sebastian wollte für unsere Familie kochen. Meine beiden Söhne, meine Frau Sophia und ich saßen mit Hunger und großen Erwartungen am Tisch und warteten. Als der Koch kurz vor dem vereinbarten Termin immer noch nicht im Hause war, machte ich mir Gedanken darüber, welche Alternative ich meiner Familie bieten könnte. Kurz nach achtzehn Uhr hörten wir wie die Haustür geöffnet wurde, der Gastgeber kam eilig mit zwei Tüten unter dem Arm und dem Griff des Einkaufsnetzes zwischen den Zähnen auf uns zu: »Es dauert noch einen kleinen Moment, probiert inzwischen diesen trocknen Sherry«, erklärte er, nachdem das Netz abgestellt war. Mit einladender Geste wurde die Flasche auf den Tisch gestellt und der Koch zog sich in seine Küche zurück. Es dauerte nicht lange, da rief er nach mir: »Du, Erich kannst du mir helfen, es ist wieder spät geworden«, er knete den Teig für seine Fleischbällchen und benutzte exotisch riechende Gewürze, »reiche mir bitte vier Eier.«

»Wo finde ich die Eier?«, rief ich.

»Im Wäscheschrank, oberste Schublade, der Kühlschrank ist voll mit Getränken.«

Ich ging ins Schlafzimmer, suchte mir mit Mühe einen Weg über Schuhe, Hosen, Kartons und den Plattenspieler am Boden, zu der obersten Schublade. Dort befand sich tatsächlich ein Eierkarton: »Da sind nur zwei Eier drin!«

»Verflixt, kannst du mir zwei Eier leihen?«

»Ist kein Problem«, antwortete ich und lief in unsere Küche.

»Kannst du dich um die Kartoffeln kümmern? Du findest den Kartoffelschäler an der Werkzeugwand im Wohnzimmer.«

Ich schälte die Kartoffeln, gab etwas Salz in das Wasser und setzte sie auf.

»Du musst Kartoffeln und Fenchel gleichzeitig aufsetzen, beide brauchen knapp zwanzig Minuten«, belehrte mich Sebastian, »danach suche bitte zwei Flaschen Rotwein aus, wähle den ältesten Barolo, den du finden kannst, serviere ihn unten und nimm den Calvados als Verdauungsschnaps gleich mit.«

Als ich mich wieder an den Tisch setzte, hatte ich das Gefühl, die Vorbereitungen sind nun auf einem guten Weg, auch wenn der vereinbarte Termin nie haltbar war. Der Wein war zwanzig Jahre alt und war von hervorragendem Geschmack, genau wie das Essen. Wir plauderten in fröhlicher Runde und als Nachtisch wurde Eis serviert, das mit Eierlikör und Schokoladensplittern garniert war. Als wir beim Calvados-Trinken waren, fragte Sebastian: »Sophia, wann warst du besonders glücklich?«

Mir erschien diese Frage etwas indiskret. Meine Frau überlegte einen Augenblick und verriet in Erinnerungen schwelgend: »Die erste Auslandsreise mit Erich führte mich nach Italien. Wir fuhren in einem VW-Käfer und schliefen im Zelt. An die Landschaft und die lauen Nächte erinnere ich mich besonders gerne.«

»Ich werde deine glückliche Zeit an den Himmel zaubern, du musst nächste Woche um die gleiche Zeit zum Himmel schauen«, versprach unser Gastgeber mit einem geheimnisumwitterten Lächeln.

Sebastian arbeitete in einem großen, nahe gelegenen Institut, das sich mit der Erforschung von Plastikverbindungen und Sprengstoffen beschäftigte. Seine Firma zeigte zwei Mal im Jahr ein beeindruckendes Feuerwerk. Die erste Detonation war oft so heftig, dass die Alarmanlagen von den umliegenden Wohnhäusern ausgelöst wurden. In diesem Jahr gab es eine Überraschung: Eine Rakete schoss einen Sprengsatz in die Luft, der bei seiner Explosion eine Palme und ein Hauszelt am Himmel zeigte, ein zweiter Sprengsatz zauberte, bei einiger Phantasie, die Umrisse eines VW-Käfers auf die Wolken. Sebastian hatte sein nebulöses Versprechen eingelöst.

Der Wonnemonat Mai bescherte uns warmes Wetter und ich richtete mein Motorboot für die beginnende

Bootsaison her. Dabei entdeckte ich, dass die Kühlwasserpumpe defekt war. Das Boot war über dreißig Jahre alt, und es war schwierig dafür noch Ersatzteile zu bekommen. Über das Internet fand ich einen Lieferanten, der diese Pumpe für achthundert Euro anbot. Das Ersatzteil war nicht größer als ein Aschbecher, und ich fand den verlangten Preis unverschämt hoch und fluchte vor mich hin: »Diese gierigen Raubritter sollte man bei Wasser und Brot einsperren! Mit mir nicht, dann schnitze ich mir lieber eine Pumpe...«, in diesem Moment gesellte sich Sebastian dazu:

»Ja, ja, man hält die Bootbesitzer für reiche Leute, die man melken kann. Gib mir deine defekte Pumpe, vielleicht kann ich eine Lösung finden.«

Am nächsten Tag brachte er die alte Pumpe und einen Nachbau zurück: »Ich habe dir eine Pumpe geschnitzt.« Dies tüchtige Kerlchen hatte das Gehäuse aus dem Vollen gefräst und die alten Anschlüsse angeschweißt, die Pumpe arbeitete einwandfrei.

»Was bin ich schuldig?«, fragte ich begeistert.

»Ach, lass mal, du hast mir auch geholfen. Ich hab das in der Mittagspause erledigt und das Material stammt aus dem Abfall. Es sind keine Kosten entstanden.«

Zu meiner Überraschung stand einige Wochen später ein Trailer mit einem zweiten Motorboot vor unserem Haus. Sebastian gestand, dass er bei dem angebotenen Preis nicht widerstehen konnte und das Boot gekauft hatte, ohne es zu testen, wie die Katze im Sack. Das Objekt war in gutem Zustand, nur der Motor war defekt, und ein

Tausch-Motor war sehr teuer. Bei unserer Untersuchung stellten wir fest, dass der Zylinderkopf einen Riss hatte. Wir konnten einen gebrauchten Zylinderkopf beschaffen, bauten ihn gemeinsam ein, und der Motor lief wieder.

Nun sollte ein Praxistest auf dem Rhein erfolgen, der die Funktionsfähigkeit bewies und die Frage beantworten sollte, welches Boot das Schnellere war. Sebastian hatte zu dieser Fahrt seinen Harem eingeladen, die drei schlanken, jungen Geschwister im Alter von sechzehn, achtzehn und zwanzig Jahren. Mein Boot war mit mir und meinen beiden Söhnen besetzt, wir waren nur schlank, wenn wir den Bauch einzogen. Leider minderte diese Aktion nicht unser Gewicht. Auf das Händeklatschen der Jüngsten hin starteten beide Boote rheinaufwärts mit Vollgas. Sebastian nahm die Bugwelle eines entgegen kommenden Lastenkahns ungeschickt und fiel zurück. Obwohl wir alles Gewicht nach vorne legten und uns hinter die Windschutzscheibe duckten, holte das andere Boot auf und hätte überholen können. Der Kapitän drosselte seinen frisch reparierten Motor und überließ es dem älteren Herrn als Erster in den Hafen einzufahren, als Sieger ohne Sieg.

In den Sommerferien unternahm Sebastian mit Angie eine Reise nach Südafrika und Namibia. Er schickte uns eine Ansichtskarte in der er begeistert über die Landschaft, die Tierwelt und die Freizügigkeit berichtete. Nach einiger Zeit wurde für unseren Mieter ein besonders langes Paket zugestellt. Er öffnete es und präsentierte uns den Inhalt voller Stolz. Es war ein verwittertes Holzbrett, mit dem in deutscher Sprache von Hand aufgetragenen, eingebrannten Hinweis: Achtung Flugverkehr. Es stand einst in Namibia an einer Straße, über der gelegentlich Flugzeuge einschwebten und wurde von Sebastian weggefunden.

»Was willst du mit diesem Riesenteil anfangen?«, forschte ich nach. Seine Sammlung in der kleinen Wohnung hatte schon ein bedrohliches Ausmaß angenommen.

»Ich weiß es noch nicht, ich fand es originell und es hat mir gefallen«, kam die typische Antwort von unserem liebenswerten Chaoten.

An einem Sonntag wurde ich morgens durch heftiges Klingeln geweckt. Vor der Tür standen zwei grimmig dreinblickende Polizisten, die dringend Sebastian sprechen wollten. Als ich seinen Schuh und Socken im Vorgarten entdeckte, kam mir ein Verdacht: »Ich weiß nicht, ob er zu Hause ist, er fährt am Wochenende oft zu seinen Eltern, ich werde nachsehen.«

»Ich werde sie begleiten«, sagte der eine Polizist entschlossen, der Andere eilte ums Haus und bewachte den Gartenausgang.

Wir fanden den Gesuchten in tiefem Schlaf versunken im Bett. Dieser Schlaf erinnerte mich an den des Wolfes in dem Märchen von den sieben Geißlein. Einige Kleidungsstücke hatte er anbehalten, andere lagen weit verstreut herum. Der Beamte weckte ihn unsanft und forderte ihn auf zum Protokoll mit auf die Wache zu kommen.

Der arme Sebastian schien der Welt entrückt zu sein, die Spuren eines kräftigen Rausches waren unverkennbar. Auf der Wache wurde der Restalkohol mit eins Komma vier gemessen und die Fahrerlaubnis einbehalten. Der fröhliche Zecher war mit seinem Auto, vom Betriebsfest kommend, in der letzten Kurve an der Leitplanke hängen geblieben, hatte den fahruntüchtigen Wagen stehen lassen und war zu Fuß nach Hause gelaufen, ohne sich an Details erinnern zu können.

Die Fahrerlaubnis erhielt er erst nach bestandenem »Idiotentest« und neun Monaten Wartezeit zurück. In dieser Zeit war der Sünder oft auf Geschäftsreisen und Angie durfte sein Auto fahren.

Sebastian haderte oft mit der Obrigkeit und beklagte die übertriebene Regulierung in Deutschland, die seiner Kreativität und seinem Freiheitsdrang die Flügel stutzen würde. An dem Tag, an dem er seinen Einkommenssteuerbescheid erhielt, rastete er vollends aus. Bei den Stellen, wo er keine Angaben gemacht hatte, nahm das Finanzamt eine steuerzahlerunfreundliche Schätzung vor: »Diesen Sklavenaufsehern und Raubrittern der Neuzeit sollte man Einhalt gebieten und sie daran hindern, weiterhin diesen Unsinn auszuhecken!«

Am nächsten Morgen führte mich mein Weg zufällig am Finanzamt vorbei. Dort versperrte ein gelbes Band den Eingang. Einige Ziegelsteine waren vor dem Zugang geschichtet und eine große Tafel informierte: Wegen dringender Reparaturarbeiten bleibt das Finanzamt heute geschlossen. Ich sah ankommende Finanzbeamte, die den Kopf schütteln und fröhlich lächelnd umkehrten. Erst als der Abteilungsleiter aufkreuzte, flog der Schwindel auf. Ich hatte mich gewundert, dass Sebastian gestern Nacht Ziegel eingeladen hatte, lautlos, wie ein anschleichender Dieb. Jetzt kam mir ein Verdacht.

Mit den Nachbarn verstand sich Sebastian gut. Er half ihnen gelegentlich beim Ausladen oder beriet sie bei der Urlaubsplanung, denn er hatte viele Länder der Erde bereist. An einem Abend saß er verzweifelt auf der Eingangstreppe, er hatte den Hausschlüssel vergessen, sich ausgesperrt, und wir waren verreist. Der Schlüsseldienst verlangte für das Öffnen der Türe Hundert Euro. Unser Chaot überlegte, ob es nicht billiger wäre das Kellerfenster einzuschlagen und dort einzusteigen. Der Nachbar hatte den Ausgesperrten beobachtet und ahnte welcher Kummer ihn bedrücken könnte. Ein Grinsen im Gesicht und den Ersatzschlüssel schwenkend, den wir bei ihm hinterlegt hatten, ging er auf Sebastian zu, wie ein Dompteur, der die Peitsche schwingt. Der alte Mann schloss ihm die Tür auf und konnte sich die Bemerkung nicht verkneifen: »In der Stunde der Not helfe ich der vergesslichen Jugend gerne.«

Nur mit dem meist schlecht gelaunten Herrn Staubmüller hatte Sebastian Spannungen, wie andere Anwohner auch. Dieser nörgelnde Nachbar hatte auch die Funktion eines Hausmeisters für die gemeinsam benutzte Tiefgarage übernommen. Er stellte überall Verbotsschilder auf, vertrieb spielende Kinder und brandmarkte Raucher, die ihre Kippen wegwarfen. Unser Mieter erregte den Zorn des Beflissenen, weil er es wagte, sein Fahrrad am Gitter für die Tiefgarage anzuschließen, obwohl er nicht Eigentümer eines Garagenplatzes war. Als an einem Morgen beide Ventile von seinem Rad fehlten, hatte Sebastian sofort einen Verdacht.

Für Heiterkeitsausbrüche und Schadensfreude bei den anderen Nachbarn sorgte das Fahrrad von Herrn Staubmüller, das eines Tages am höchsten Baum der Siedlung, zehn Meter über der Straße müde im Wind drehte. Jeder fragte sich, wie konnte der Täter ein komplettes Fahrrad auf diese Höhe befördern, und wie könnte der Besitzer es wieder herunterholen? Die Wäscheleine, die der Täter benutzt hatte, kam mir vertraut vor. Ich hatte eine treffliche Vorstellung vom Täter und bewunderte sein Werk.

Viel zu schnell neigte sich die gemeinsame Zeit mit dem liebenswerten Chaoten dem Ende zu. Er erhielt ein verlockendes Angebot aus Malaysia und gab die Wohnung in unserm Haus auf. Angie wollte ihr Studium hier abschließen, fürchtete sich vor dem Klima in Malaysia und der Trennung von ihren geliebten Schwestern. Sie wollte nicht mitgehen. Das nahm Sebastian mit bemerkenswerter Gelassenheit hin. Ich hatte den Eindruck, dass Beziehungen, die auf eine feste Bindung hinausliefen, ihm Angst bereiteten. Er wollte seine Ungebundenheit nicht aufgeben. Das Angebot aus Malaysia schien zu einem passenden Zeitpunkt gekommen zu sein.

Das Holzbrett aus Namibia, das mit viel Aufwand nach Deutschland gelangt war, ließ er uns als Andenken zurück. Es erhielt einen Ehrenplatz im Garten, den Sebastian-Gedächtnis-Platz. Das Schild provozierte neugierige und besorgte Fragen unserer Nachbarn: »Müssen wir uns hier auf Drohnen oder gar Flugverkehr einstellen?«

02. Der verführte Student

Noch bis zwölf Uhr war die Hauptkasse geöffnet, und heute war der letzte Tag zur Entrichtung der Studiengebühren. Ich musste mich beeilen. Nach Bezahlung der Gebühr blieben mir noch drei Euro für ein Mensaessen. Am Nachmittag nahm ich den Job des Kassierers einer Tankstelle wahr, der mir wenig Freude machte, aber einen Beitrag zu meinem Lebensunterhalt leistete. Beim Eintippen von Zahlen und Geldwechseln durften keine Fehler entstehen, die Endabrechnung musste auf den Cent genau stimmen, wie es früher bei der doppelten Buchhaltung verlangt wurde. Es gehörte zu meinen Aufgaben die Regale aufzufüllen, das war eine Belastung für den Rücken und konnte nicht als anspruchsvolle Tätigkeit betrachtet werden. Der einzige Lichtblick war die Übergabe der Kasse an Katarina, eine gutaussehende, junge Frau, die stets gut gelaunt war und gerne mit mir schäkerte. Sie übernahm mit ihrem asiatischen Lächeln die ruhige Spätschicht.

Katarina erschien auch heute wieder pünktlich um achtzehn Uhr: »Na, wie viele falsche Fünfziger hast du mir heute in die Kasse geschmuggelt?«

»Ich wünschte dein Konterfei wäre auf einem Schein zu finden, leider müsste er dann zu den Fälschungen gezählt werden«, spöttelte ich.

»Ich habe dir ein paar Pflaumen aus dem Garten mitgebracht, damit du dich nicht nur von Ölsardinen ernähren musst.«

»Danke, ich mag Pflaumen sehr. Lass dir die Tankstelleneinnahmen nicht von Räubern abnehmen! Ciao!«, sagte ich und wollte gehen. In diesem Augenblick fuhr ein knall roter Ferrari auf die Tankstelle, dem eine aufgedonnerte Frau mit Sonnenbrille entstieg. Die männlichen Tankkunden warfen ihr und dem flachen Flitzer bewundernde Blicke zu. Sie lief mit wippendem Gang zu einem Regal, kam dann auf mich zu, musterte mich von oben bis unten und fragte: »Gibt es hier keinen Champagner?«

»Wir führen verschiedene Sektsorten, Champagner haben wir leider nicht im Sortiment«, informierte ich sie.

Über die Sonnenbrille hinweg sah sie mir in die Augen: »Wo kann ich Champagner kaufen? Ich benötige dringend ein Geburtstagsgeschenk.«

»Ich kaufe dieses Getränk nie, aber ich denke, bei Edeka könnten sie fündig werden.«

»Mein Orientierungssinn ist miserabel. Könnten sie mich dorthin begleiten?«, schlug sie unumwunden vor, als sei sie gewohnt, dass ihre Einladungen angenommen werden.

»Gerne, mein Dienst ist ohnehin beendet, und ich bin noch nie in einem Ferrari gefahren«, gestand ich.

Die junge Frau hatte Schwierigkeiten mit ihren hochhackigen Schuhen in den Sportwagen zu steigen: »Der Ferrari ist zwar schnell, aber nicht sonderlich bequem«, bekannte sie und fuhr mit quietschenden Reifen von der Tankstelle. Der Start presste mich in den Sitz, und ich musste den Kopf recken um herausblicken zu können.

»Bitte fahren sie an der nächsten Kreuzung links und die zweite Straße rechts, dann können sie die Edeka-Filiale schon sehen.«

Sie parkte mit Schwung ein und bat mich mitzukommen. Vor der Kasse überließ ihr ein älterer Herr den Vortritt und bedachte sie mit einem bewundernden Lächeln. Ich folgte ihr, wie ein Schatten, der sich nicht abschütteln ließ. Die Lady hatte zwei Flaschen des französischen Edelgetränks gekauft und überreichte mir eine davon: »Damit *du* das kennenlernst, was *du* nie kaufst. Ich heiße Chantal.«

»Ich bin Robert, Jurastudent im zweiten Semester« antwortete ich und reichte ihr die Hand.

An der Uni duzten wir uns alle, bei ihr hatte mich das schnelle Umschwenken überrascht und verunsichert. Ich hielt es für unsinnig vierzig Euro für eine Flasche Champagner auszugeben und überlegte, ob ich sie später heimlich umtauschen sollte. Es schmeichelte mir, dass eine schöne, fremde Frau mir ein so teures Geschenk machte, aber es beunruhigte mich zugleich. Ich schätzte ihr Alter auf dreißig Jahre, sie hatte eine schlanke, wohlgeformte Figur, lange, dunkle Haare, einen großen Mund und besonders ausdrucksstarke Augen. Durch ihre Garderobe und ihr Auftreten kam ich zu der Überzeugung, dass sie dem Geldadel angehörte und sicherlich viel attraktivere Männer, als mich, bekommen konnte. Warum interessierte sie sich ausgerechnet für mich?

»Hast du heute schon etwas vor?«, fragte sie leise, als wir den Wagen wieder erreicht hatten.

»Abendessen zubereiten und mich auf die Klausur vorbereiten.«

»Und was gibt es heute zum Abendessen?«

»Ölsardinen mit Pflaumen«, antwortete ich wahrheitsgemäß. Diese Beschreibung meiner Mahlzeit kam mir albern vor, schon als ich es aussprach.

Sie lachte laut: »Eine wahrhaft exotische Mischung! Da weiß ich etwas Besseres. Begleite mich auf eine Geburtstagsfeier, da wartet ein exquisites Buffet auf dich, und mir wäre es recht, wenn ich dort nicht alleine hin gehen müsste.«

Vor die Wahl gestellt zwischen Partybesuch und Klausurvorbereitung fehlte mir die Kraft das Angebot dieser hübschen Verführerin abzulehnen. Erneut fragte ich mich, warum wählt sie keinen Partner aus ihren Kreisen, was findet diese Starfrau an einem Jüngling, der nur in der Lage ist ihr Ölsardinen anzubieten?

Wir rasten mit röhrendem Auspuff nach Baden-Baden. Während der Fahrt schärfte sie mir ein, ich sei Bildhauer und wir hätten uns auf einer Vernissage kennengelernt: »Lass dich nicht in ein Fachgespräch verwickeln, höre nur zu. Die meisten Gäste interessieren sich ohnehin nicht für andere sondern hören sich selbst gern reden.«

Wir parkten vor einer luxuriösen Villa oberhalb der Stadt. Die dort abgestellten Edelkarossen, teilweise mit Chauffeur, machten einen überwältigenden Eindruck auf mich und verstärkten mein Gefühl der Unsicherheit. Chantal stellte mich dem Gastgeber und einigen Freunden vor und wurde bald von anderen Gästen vereinnahmt. Ich kam mir hilflos vor in meinen speckigen Jeans und dem bedruckten T-Shirt zwischen all den Menschen in exquisiter Garderobe, wahrscheinlich hatte sie mich deshalb auch als Bildhauer eingeführt. Mir fiel das Märchen vom Froschkönig und der Prinzessin ein, die ihn nur benutzte, um ihre goldene Kugel zu bekommen.

Um Gesprächen auszuweichen, schlenderte ich zum Buffet, das mit einer beeindruckenden Fülle der erlesensten Spezialitäten bestückt war, die meine Ölsardinen leicht ersetzen konnten. Ich füllte mehrfach meinen Teller und suchte Gerichte aus, die ich mir sonst nicht leisten konnte: Filet Chateaubriand, Kaviar, Avocados…Als der Herr neben mir erfuhr, dass ich der vermeintliche Bildhauer sei, berichtete er mir ausführlich von seiner wertvollen Sammlung von Bildern und Skulpturen. Wie Chantal es prophezeit hatte, interessierte er sich nicht für meine Meinung sondern wollte mit seinen Schätzen prahlen.

Plötzlich tauchte meine geheimnisumwitterte Prinzessin wieder auf, erlöste mich von dem Prahler und lockte mich auf die Tanzfläche. Sie drückte sich an mich, als seien wir seit Jahren liiert. Ich spürte ihr Knie zwischen meinen Schenkeln, ihre schwingende Hüfte, die wohlgeformten Brüste und schlürfte ihren champagnergeschwängerten Atem: »Du bist ein toller Tänzer! Ich bin heilfroh, dass du mitgekommen bist, und ich mich bei dir entspannen kann«, flüsterte sie mir ins Ohr.

»Ich fühle mich auf diesem Nobelfest in meiner Kleidung deplatziert.«

»Du gibst als Bildhauer eine überzeugende Figur ab, aber an deinem Outfit sollten wir morgen arbeiten.«

Ich fragte mich, was gemeint war: Am Outfit arbeiten, will sie damit andeuten, dass bei mir Schwerstarbeit erforderlich ist, um mich einigermaßen ansehnlich zu machen? »Ich verfüge über einen dunklen Anzug und ein weißes Hemd, hätte es nur holen müssen«, protestierte ich.

»Ich kann mir vorstellen, wie das aussieht! Lass uns morgen einen Bummel machen, vielleicht finden wir etwas Passendes.«

»Morgen Vormittag habe ich Vorlesung bei Professor Schwenn zum Thema: Vertragswesen.«

Meine Gönnerin war sich offensichtlich sicher, dass ich die Vorlesung sausen lasse und ihr zu dem Bummel folgen werde: »Das trifft sich ausgezeichnet, du kannst die Theorie des Vertragswesens durch die Praxis mit Einkaufsverträgen ergänzen. Ich würde jetzt gerne heimgehen. Kommst du noch auf einen Schlummertrunk mit zu mir?«

Diese Circe hatte mich so stimuliert, dass ich alle Vorlesungen der Welt vergaß und mich nur nach ihrem göttlichen Körper sehnte. Ich hatte nicht die Kraft dieses Angebot abzulehnen und war neugierig auf ihre Geldadel-Wohnung. Sie parkte den Ferrari in einer Tiefgarage. Wir nahmen den Fahrstuhl, fuhren in das oberste Stockwerk und befanden uns beim Aussteigen mitten in ihrer Penthouse-Wohnung. Chantal warf die Schlüssel auf das Regal, schleuderte ihre Schuhe ab, hängte ihr Jäckchen an einen Ständer und rief: »Mathilde, ich bin zurück! Bringe uns bitte zwei Gin-Tonic!«

Mir war es peinlich, dass die Hausangestellte zu so später Zeit den Mann für gewisse Stunden bedienen musste. Die Dame des Hauses führte mich auf die Terrasse, die wie ein Garten wirkte, mit einem Springbrunnen und exotischen, blühenden Pflanzen. Ich war überwältigt von dem fantastischen Ausblick auf das nächtliche Baden-Baden mit seinen umliegenden Bergen. Die Sichel des Mondes war zwischen zwei Bergkuppen zu erkennen und ein lauer Wind liebkoste meine Haut. Chantal sprang mit weit gespreizten Beinen auf meine Hüfte, ich wäre fast umgefallen, und küsste mich lange. Als wir zurück in die Wohnung kamen, standen zwei Gin-Tonics auf dem Tisch. Wir stießen auf unsere Bekanntschaft an. Sie streckte sich rekelnd auf die Couch, dabei schob sich der Rock hoch und ihr schwarzer Slip kam zum Vorschein. Angetrieben, wie ein durstender in der Wüste, der nach der rettenden Wasserflasche greift, glitt meine Hand in ihr Höschen, und ich fühlte dieses feuchte, samtige Moos. Mein Verlangen steigerte sich zur Besessenheit. Wie ein Schlafwandler nahm ich die Angebetete auf meine Arme und trug sie ins Schlafzimmer. Wir waren kaum ineinander geglitten, da lief ich schon über vor Lust und schämte mich für meine Unbeherrschtheit. Sie setzte sich behutsam und ohne Eile auf ihren vorzeitig ermatteten Liebhaber und mahnte: »Nicht so stürmisch, mein junger Hengst!«

Chantal streichelte mein erschöpftes Männlein, bis es erwartungsvoll sein Köpfchen erhob und führte es dahin, wo es ihr die meiste Freude bereitete. Diesmal ließ sie mich, mit gurrenden Lauten, die zu einem Jubel anschwollen, an ihrem Höhepunkt teilhaben. Meine Fee glitt ermattet auf das Laken und umarmte mich dankbar. In dieser Nacht fanden wir wenig Zeit zum Schlafen, und am Morgen brachte uns die gute Mathilde ein reichhaltiges Frühstück ans Bett. Die Haushälterin war schon seit vielen Jahren hier tätig und hatte ein Alter erreicht, bei dem die männlichen Besucher keiner Versuchung ausgesetzt wurden.

Bei dem Einkaufsbummel durch die Baden-Badener Boutiquen demonstrierte mir Chantal, was man mit einer Kreditkarte alles anstellen kann. Es wurden drei Hemden gekauft, jedes kostete hundertfünfzig Euro, dazu passende Hosen, ein Jackett und Schuhe. Ich wollte so aufwendige Geschenke nicht annehmen, wusste aber, dass mein Protest erfolglos sein würde. Am Ende suchte sie noch drei Unterhosen für mich aus, und ich kam mir vergewaltigt vor, aber ohne Abwehrwillen.

»Ich schätze deine Gesellschaft nicht nur auf Partys, und du sollst dich mit mir wohlfühlen. Am nächsten Samstag kann ich dir einige einflussreiche Gäste vorstellen, ich glaube zwei Juristen sind auch dabei. Du kommst doch?«

Diese Frau gewordene Versuchung wusste längst, dass ich ihr verfallen war und nicht die Kraft hatte, ihre Einladungen abzulehnen. Meine Antworten konnten nicht als eigene Entscheidung gewertet werden sondern allenfalls als Bestätigung. Die aufwendigen Geschenke verstärkten mein Gefühl von Abhängigkeit und zwangen mir Dankbarkeit auf. Es war mein Wunsch dem tristen Alltag des Uni-Lebens, mit all seinen Entbehrungen, zu entfliehen, - zumindest zeitweise -, und das hatte seinen Preis. Es drängte mich, in die Welt der Schönen und Reichen einzutauchen, daher war meine Tür weit geöffnet für die Einladungen der weltgewandten Chantal.

Auf der Samstagsparty wurde mein neues Outfit eingeweiht. Chantal stellte mir den Rechtsanwalt Dr. Gransee vor, der einen Gehilfen für seine Kanzlei suchte, - war es Zufall? - und mir ein verlockendes Angebot machte. Bei flexibler Arbeitszeit lag die Entlohnung mehr als doppelt so hoch wie bei meinem Job an der Tankstelle. Nur musste ich meinen Arbeitsplatz von Mannheim nach Baden-Baden verlagern, - in die Nähe der Penthouse Wohnung - in der ich ohnehin viele Nächte verbrachte. Meine Gönnerin schien die Königin der Party zu sein, die ihre Huld den Gästen widmete, die sie für wichtig hielt, oder ihr interessant erschienen, aber nach Hause ging sie wieder mit mir.

Die Tätigkeit in der Kanzlei machte mir Spaß, ergänzte mein Studium durch die Praxis und schenkte mir eine gewisse finanzielle Unabhängigkeit, aber sie führte auch zu einer Vernachlässigung meiner Vorlesungen. Ich konnte nur einen Teil der erwarteten Übungsscheine schaffen. Berauscht von den Partys, dem Luxus und dieser Glitzerwelt stellte ich mein Studium hintan. Wenn ich eine Nacht in meiner Studentenbude verbracht hatte, die ich nicht aufgeben wollte, zog es mich in der nächsten Nacht in die Arme meiner Geliebten, wie die Biene, die von einer duftenden Blüte angelockt wurde. Chantal war erfreut, als sie mich bei ihrer Heimkehr erblickte:

»Wollen wir am Wochenende nach Cannes fahren, das Wetter soll gut werden.«

Ich kannte Cannes nicht und würde gern dorthin fahren, aber ich wollte ihren Vorschlägen nicht immer widerstandslos zustimmen und gab zu bedenken: »Da sitzen wir länger im Auto als am Strand.«

»Wolfgang hat dort ein Chalet, wir benutzen seinen Firmenjet, der schafft die Strecke in einer Stunde.«

Wolfgang hatte nicht nur ein Chalet sondern auch eine Motorjacht, auf der wir den Samstag verbrachten. Auf Wasserskiern gaben Chantal und Wolfgang eine gute Figur ab. Meine drei Startversuche scheiterten kläglich und brandmarkten mich als Außenseiter. Am Abend schlenderten wir durch die Boutiquen von Cannes und Chantal kaufte sich einige Kleider und ergänzte meine Sammlung mit dem Schick der französischen Haute Couture.

Zu später Stunde gesellte sich meine Fee zu Wolfgang, ich musste die Nacht alleine im Gästezimmer verbringen. Die Vorstellung trieb mich zum Wahnsinn, dass sie in diesem Augenblick dieselben Spiele mit einem anderen trieb, die mir so einzigartig erschienen, eventuell die gleichen Worte dabei benutzte. An Schlaf war nicht zu denken. Ich grübelte, begehrte sie diesen fünfzehn Jahre älteren Gockel, oder wollte sie sich, mit einem Schäferstündchen bei ihrem Gastgeber nur bedanken? Warum hatte sie mich zu diesem Wochenende mitgenommen, sollte ich gedemütigt werden oder wollte sie mir ihre Unabhängigkeit demonstrieren? Wenn ich eifersüchtig war, war das der Beweis meiner Liebe oder begehrte ich sie nur und versuchte meinen Besitz zu verteidigen? Wenn ich sie liebte, müsste ich ihr nicht alles gönnen, was sie glücklich macht und meine Interessen hintan stellen? Hatte sie Pläne für eine Zukunft mit diesem Wolfgang und dies war der Abschied für mich? Trotz dieser Zweifel gelangte ich zu der Überzeugung, ich liebte Chantal, und die Frau, die mir so leidenschaftlich begegnete und mir viel Zuwendung schenkte, liebte mich auch.

Als ich am nächsten Morgen auf die Terrasse kam, blätterte Wolfgang in der Zeitung, und seine nächtliche Gespielin bereitete das Frühstück vor. Nach einem verliebten Paar sah das nicht aus, keine verliebten Blicke und kein Händchenhalten nur ein freundlicher Gruß an den Spätaufsteher. Meine Zweifel verflogen, wie Regenwolken nach einem Gewitter, und wir plauderten über die Präsidentschaftswahlen in Frankreich.

Auf dem Rückflug schaltete Wolfgang den Autopiloten aus. Er erklärte mir die wichtigsten Bedienelemente, und ich durfte den Jet steuern, dabei fühlte ich mich wie auf einer Raumstation und kam mir kolossal wichtig vor. Ich

empfand plötzlich Sympathie, ja fast väterliche Vertrautheit für meinen Nebenbuhler. Wir flogen über den Wolken, und die schneebedeckten Gipfel der Alpen strichen
unter uns vorbei, und wirkten wie die Zähne eines einge-
sperrten Ungeheuers. Voll Neugierde lenkte ich den Jet
näher an das Ungeheuer heran und betrachtete respektvoll diesen aufgerissenen Schlund. Die Meldung beim
Eintritt in einen neuen Funkbereich musste der Kapitän
selber machen, und beim Landeanflug übernahm er wieder das Steuer.

Der Termin für meine Zwischenprüfung rückte näher
und mir fehlte die Entschlusskraft mich vom Dolce Vita
zu verabschieden und mich verstärkt meinem Studium
zuzuwenden. Ich ging schlecht vorbereitet in die Prüfung
und konnte die Prüfung nicht bestehen. Wenn ich mein
Studium fortsetzen wollte, musste ich die Nachprüfung
bestehen. Also zog ich mich zähneknirschend in meine
Studentenbude zurück, nahm einen Repetitor und trat
besser vorbereitet zur zweiten Runde an. Diesmal bestand ich die Prüfung und fuhr mit dem Auto, das meine
Gönnerin für mich geleast hatte, sofort nach Baden-
Baden. Anders als ich, hatte Chantal unter der Trennung
nicht gelitten, und ich stellte mir die Fragen: »Was strebt
meine Traumfrau an? Will sie Kinder haben und eine
Familie gründen? Besteht eine Zukunft für uns bei zehn
Jahren Altersunterschied? Liebt sie mich überhaupt?
»Ich finde Kinder goldig, aber die Mutterrolle lässt sich
mit meinem Lebensstil nicht vereinbaren. Einen Ehe-

mann an meiner Seite, der eifersüchtig ist und mir Vorschriften machen will, kann ich mir nicht vorstellen«, antwortete sie unumwunden auf meine Frage.

»Wie willst du deinen aufwendigen Lebensstil finanzieren, wenn du keiner beruflichen Tätigkeit nachgehst?«

»Ich bin in der glücklichen Situation, dass mein Vater ein erfolgreicher Geschäftsmann war und mir nicht nur eine gutgehende Fabrik hinterlassen hat, sondern auch einige Immobilien und Wälder. Ich kann von meinen Einkünften mein Leben führen, auch ohne Ehemann.«

»Warum bist du mit mir zusammen, liebst du mich?«, fragte ich verunsichert.

»Liebe ist ein hochtrabendes aber abgegriffenes Wort, weil es so oft missbraucht wird. Ich mag deine jugendliche, unverfälschte Art und schlafe gern mit dir.«

»Irgendwann ist meine Jugend verblüht und unsere Begegnungen im Bett werden Routine, was verbindet uns dann?«

Chantal klappte das Buch zu, in dem sie gelesen hatte und schaltete den Fernseher ein: »Das wird sich zeigen, wenn es soweit ist.«

In der folgenden Zeit verblasste die Faszination für meine Traumfrau. Auch gewann ich den Eindruck, dass sie auf Partys Bestätigung und Bewunderung suchte, und es machte ihr Freude, ihren Schüler in die Welt der Erotik einzuführen, ihn zu beeindrucken und zu lenken. Gefühle für mich hatte Chantal kaum.

Beim Besuch ihrer Mutter bestätigte sich meine Erkenntnis. Die Seniorin meldete sich kurzfristig an und wollte vom Bahnhof abgeholt werden. Meine Sachen wurden kurzerhand in einem Karton gestopft und verschwanden in der Abstellkammer. Ich wurde aus der Penthouse–Wohnung verbannt und musste, ungewollt, eine Bahnfahrt nach Mannheim in meine Studentenbude antreten. Mein Auto wurde benötigt, um die Mutter abzuholen, denn ihre Koffer fanden in dem Ferrari keinen Platz. Zu der Geburtstagsfeier wurde ich eingeladen, weil die Mutter von meiner Existenz Kenntnis erlangt hatte und mich kennenlernen wollte. Chantal stellte mich ihrer Mutter als einen Mitarbeiter von Dr. Gransee vor und behandelte mich wie einen Hausangestellten. Sie schaltete blitzschnell und eiskalt jede Emotion ab und sprach von mir wie von einem Fremden. Es sollte offensichtlich verhindert werden, dass ihre Mutter mich als jungen Lover wahrnimmt, der vernascht wird aber als Partner zu unreif ist.

Die Glitzerwelt der Schönen und Reichen, die mir einst so erstrebenswert erschien, hatte im Laufe meiner Zeit in Baden-Baden an Faszination verloren. Der Blick vom Penthouse auf die Stadt war Alltag geworden, die Fahrt im Ferrari höchst unkomfortabel, der Flug im Privatflugzeug laut und dramatisch, weil wetterabhängig, und die Partys waren dickmachend, schlafraubend und garniert mit langweiligen Prahlern. Das, was Lebensqualität ausmachte, aber nicht käuflich war, vermisste ich zunehmend: Freundschaft, erhellende Gespräche, kleine Erfolgserlebnisse, Glücksmomente beim Erleben eines Sonnenuntergangs. Das wollte ich wiederfinden und ließ die Beziehung zu Chantal auslaufen.

Auf dem Uni-Ball lernte ich Christa kennen. Wir verstanden uns von Anfang an gut und hatten, neben dem Jurastudium, viele gemeinsame Interessen. Ich war glücklich bei unseren Treffen, weil sie *mich* wollte trotz meiner Schwächen und wenigen Stärken und nicht nur meinen Körper. Christa war auch die Frau, die ich mir als Mutter meiner Kinder vorstellen konnte. Nach dem Ausflug in die Glitzerwelt söhnte ich mich aus mit meiner Studentenbude und konzentrierte mich auf mein Studium. Auf manche Klausur bereiteten wir uns gemeinsam vor und empfanden es dann als halbes Leid. Irgendwann wurde unser Eifer mit einem bestandenen Staatsexamen belohnt und wir brachen zu einer langen Reise nach Australien auf. Erst als sich unsere Tochter Daniela anmeldete, beschlossen wir den Bund der Ehe einzugehen. Ich fand eine Anstellung in einer Anwaltskanzlei und avancierte nach einigen Jahren zum Teilhaber. Beide wünschten wir uns ein zweites Kind und arbeiteten nach Kräften an diesem Ziel. In der fruchtbaren Zeit wurde keine Nacht ausgelassen, aber der Erfolg ließ auf sich warten. Nach drei Jahren endlich meldete sich unser Sohn an, dem wir den Namen Daniel gaben.

Die Zeit verging, unsere Kanzlei war erfolgreich und bescherte mir viel Arbeit und ein gutes Einkommen. In meinem Haar zeigten sich graue Strähnen. Beide Kinder bereiteten uns Freude, mit einigen Ausnahmen, blieben der Tradition der Eltern treu und begannen ein Jurastudium.

Nach langer Zeit war ich wieder einmal in Baden-Baden zu einem Juristenkongress. Im Anschluss an den anstrengenden Kongresstag hatte ich keine Lust ins Bett zu gehen und nahm noch einen Schlummertrunk in dem nahegelegenen Bistro. Ich setzte mich an die Bar, bestellte einen Gin-Tonic, und ließ meinen Blick auf der Suche nach anderen Kongressteilnehmern umherschweifen. Da entdeckte ich an dem Ecktisch eine alleine sitzende alte Frau, die tief über ihr Schnapsglas gebeugt war und vor sich hin lallte. Die Stimme weckte vage Erinnerungen und mich durchzuckte ein Verdacht. Ich setzte die schärfere Brille auf und meine Vermutung bestätigte sich: Diese Frau hatte eine gewisse Ähnlichkeit mit Chantal!

Ich nahm mein Glas, ging an ihren Tisch und fragte, ob ich mich dazugesellen dürfte.

»Nur, wenn du mir einen Schnaps spendierst, hicks.«

Ich setzte mich und antwortete: »Du hast genug Schnaps getrunken, ich spendiere dir lieber einen Kaffee.«

Sie hob den Kopf und sah mich verblüfft an: »Du bist alt und grau geworden mein kleiner Student.«

Ich war erschrocken, dieses Wrack von einem Menschen war tatsächlich Chantal. Sie war korpulent geworden, ihr Gesicht war von tiefen Falten durchfurcht, unter den verschwollenen Augen hingen dicke Tränensäcke, und die Wangen hingen wie Taschen herab. Ihre krächzende Stimme ähnelte der einer Greisin, eine faltige Hand stütze ihr Doppelkinn und die grauen Haare hingen fettig und strähnig herab. Nur in den Augen hatte sich noch ein gewisser Glanz erhalten.

»Du bist auch nicht jünger geworden. Wie geht es dir?«, fragte ich anteilnehmend.

Sie legte ihre runzlige Hand auf meine: »Weißt du mein Junge, wir hatten eine schöne Zeit, aber das Schicksal hat es nicht immer gut mit mir gemeint. Ich trinke Schnaps um zu vergessen. Ich würde noch mehr trinken, wenn ich es bezahlen könnte. Sag mir, hicks, dass ich immer noch eine schöne Frau bin.«

Ich zögerte die Wahrheit zu sagen, wollte aber keine Lügen auftischen: »Du warst die Königin jeder Party und es ist immer noch ein Strahlen in deinen Augen. Was hast du mit deinem Vermögen angestellt, ich hatte damals den Eindruck, dass es unerschöpflich wäre.«

Chantal kippte ihren Schnaps runter: »Ich hatte nach dem Tod meines Vaters in der Firma einen Geschäftsführer eingesetzt, mit dem ich eine kurze Affäre hatte, und dem ich vertraute. Der Schurke hat mein Vertrauen missbraucht und krumme Geschäfte gemacht. Dabei hat er glänzend verdient und meine Firma in den Konkurs getrieben.«

»Deine Immobilien bescheren dir Mieteinnahmen und Wälder sind auch vorhanden, sind die nicht ausreichend für deinen Schnaps?«

Sie grinste verbittert: »Die Immobilien mussten zur Befriedigung der Gläubiger verkauft werden, sonst wäre ich, als Schuldnerin, im Gefängnis gelandet. Die Pflege der Wälder kostet Geld, ein Ertrag ist erst in vierzig Jahren zu erwarten. Ich brauche den Schnaps aber heute! Wo bleibt deine Bestellung?«

Ich war erschüttert, ein gewaltiges Vermögen, das der Vater mir viel Fleiß aufgebaut hatte, wurde von der nächsten Generation in kurzer Zeit verschleudert: »Wo wohnst du jetzt?«

»Meine Tante, die gute Seele, hat mir ein Zimmer in ihrem Haus zur Verfügung gestellt, damit ich nicht ins Obdachlosenheim muss.«

»Haben deine wohlhabenden Freunde nicht geholfen?«, fragte ich fassungslos.

Die alte Frau zog ihre Mundwinkel nach unten, eine Träne tropfte in das leere Schnapsglas: »Wer so tief fällt und auch noch alt ist, wird von der feinen Gesellschaft ausgekotzt. Schulterklopfen und aufmunternde Sprüche: Es wird schon wieder! Eventuell eine Runde Champagner, mehr hat man da nicht zu erwarten.«

Sie betrachtete mich eine Weile wortlos, und ich fragte: »Kann ich etwas für dich tun?«

»Ich sehe dir geht es gut, das freut mich, mein kleiner Student. Ich wünsche, dass du mich vergisst, so, wie man Albträume vergessen sollte.« Sie hatte Mühe sich von ihrem Stuhl zu erheben, wie ein angeschlagener Boxer tastete sie sich schwankend an der Wand entlang und entschwand in der Dunkelheit.

Ich blieb gedankenversunken noch eine Weile an dem Tisch sitzen und dachte über Chantal nach, die mir das Liebesspiel beibrachte und ein Kapitel in meinem Leben prägte. Ohne dass es ihr Verdienst wäre, hatte mich Ihr Verhalten wieder zurückgeführt auf den Pfad der Tugend, und nun ist sie selbst ein Opfer der Glitzerwelt geworden. Ich ging zurück an die Bar und bestellte einen Schnaps, - für mich selbst.

03.Die Panne in Salerno

Heute hätte ich es Angelika sagen müssen, dass unsere Beziehung keine Zukunft hat, und wir uns trennen sollten. Sie war wieder einmal deprimiert, und ich brachte nicht den Mut auf, ihr das in der nötigen Deutlichkeit klarzumachen. Sie war eine schöne Frau und ein liebenswerter Mensch, aber wir passten nicht zusammen. Ich war lebensfroh und trinkfest, sie war sensibel, stark von Stimmungen abhängig und litt unter meiner polternden und groben Art. Ich feierte gern im Kreise von Freunden, sie scheute Fest und wollte gemeinsam mit mir auf einem einsamen Berg Sonnenuntergänge beobachten. Sie berauschte sich an Bildern und Farben, ich war farbenblind und langweilte mich auf Bilderausstellungen. Über meine Unentschlossenheit, die man auch Feigheit nennen konnte, ärgerte ich mich und beschloss beim nächsten Treffen ihr meinen Entschluss mitzuteilen. Als ich auf die Bundesstraße zehn abbog, sah ich am Straßenrand eine hilflos wirkende Frau neben ihrem VW-Polo stehen. Sie winkte mir zu.

»Kann ich behilflich sein?«, fragte ich, nachdem ich mein Auto an den Rand gefahren hatte.

»Vielleicht können sie das. Ich habe eine Reifenpanne und kann den Wagenheber nicht finden, haben sie einen Wagenheber dabei?« Ich durchsuchte den Kofferraum ihres Wagens, konnte jedoch keinen Wagenheber finden und meiner passte nicht für ihren Polo.

»Ich habe noch nie einen Reifen gewechselt, aber ich glaube, man muss den Wagen vorher anheben«, gestand sie mit weiblicher Anmut. Die Hilfesuchende war jung und schlank, aber mit ihrem Sommersprossengesicht und den strähnigen, blonden Haaren keine schöne Frau, jedoch hatte sie eine reizvolle Art zu sprechen und sich zu bewegen. Ein weiteres Auto hielt, und ein älterer Herr erkundigte sich nach dem Problem: »Da kann man nur den ADAC rufen«, verkündete er und fuhr weiter.

Ich sammelte vom Straßenrand einige Pflastersteine zusammen und erklärte: »Ich versuche den Wagen anzuheben, und Sie schichten die Steine unter die Hinterachse. Achtung, jetzt!« Ich stemmte mit aller Kraft das Wagenheck hoch und sie platzierte mit flinker Hand die Steine. Das Rad war zwar nicht ganz frei, aber soweit entlastet, dass ein Radwechsel vorgenommen werden konnte. Nachdem das geglückt war, blickte mich dieses Sommersprossengesicht dankbar und voller Bewunderung an und taufte mich auf den Namen: Herkules, den griechischen Helden und fügte hinzu: »Vor so viel Kraft muss man den gehörigen Respekt haben.«

Wir Männer sehnen uns nach der Anerkennung und Bewunderung von Frauen, daher fühlte sich Herkules allein schon durch diese Taufe reichlich belohnt. Sie nannte mir ihren Namen: Laura Wenzel. Voll Dankbarkeit lud sie mich zum Essen in das geschichtsträchtige Gasthaus Laub ein. Wir verbrachten einen beschwingten Abend miteinander, und mir gefiel diese quirlige, unkomplizierte Frau. In den folgenden Wochen trafen wir uns häufiger und freundeten uns an. Wie erfrischend war Laura im Vergleich zu Angelika. Sie erging sich nicht in Andeutungen, sondern sagte gerade heraus, was sie wollte. Sie hatte keine depressiven Phasen, sondern war von ansteckender Fröhlichkeit und fühlte sich im Kreis meiner Freunde pudelwohl. Ich musste mit ihr nicht durch endlose Bildergalerien und in die Einsamkeit laufen. Mit Laura verbrachte ich eine ungetrübt fröhliche Zeit.

Bei dem Bericht über ihre Kindheit fiel mir auf, der Name ihrer Mutter war nicht Wenzel. Als ich nachfragte, gab sie eine ausweichende Antwort. War Laura verheiratet und warum erzählt sie nichts davon? Die Rede kam auf die Männer, die eine Rolle in ihrem Leben spielten, dabei tauchte kein Ehemann auf. Schließlich stellte ich diese lächerliche und überflüssige Frage nach den Männern, die vor mir waren. Frauen neigen bei diesem Thema zur Untertreibung, weil ihr Wert umgekehrt proportional zu der Anzahl ihrer Liebhaber eingeschätzt wird, während Männer hier zu Übertreibungen neigen. Bei mir setzte sich der Eindruck fest, Laura verheimlicht mir etwas.

Den Sommerurlaub wollten wir gemeinsam im Süden verbringen. Ich schwärmte für Frankreich, Laura wollte nach Italien fahren, auf den Spuren irgendwelcher Vorfahren. Beide hatten wir Norditalien und Rom schon besucht, daher war Neapel unsere erste Station. Besonders beeindruckend war das Nationalmuseum mit Funden von Ägyptern, Griechen und Römern. Romantisch war die Bootfahrt in die Blaue Grotte, und anstrengend war der Aufstieg zum Vesuv, der mit seinem Lavastrom einst die Stadt Pompei verschüttete. Schlafen war selten angesagt, zum einen, weil wir uns beschäftigten mit dem, was man so tun kann zu zweit, zum anderen hörte man bei geöffneten Fenstern den Verkehrslärm und die eifrig betätigten Hupen die ganze Nacht hindurch.

Nach vier Tagen verließen wir Neapel in Richtung Süden, jedoch kamen wir nicht weit. In Salerno ruckelte mein Auto und rollte mit Mühe noch bis zur Tankstelle. Die Tankanzeige war nahe Null, und ich hoffte, dass nach dem Auftanken der Motor wieder rund laufen würde. Diese Hoffnung erfüllte sich nicht. Der Wagen ließ sich nicht mehr starten. Der herbeigerufene Pannendienst diagnostizierte einen Defekt am Nockenwellenantrieb und schleppte uns in eine Werkstatt. Es war Samstagnachmittag, und es bestand wenig Hoffnung auf eine kurzfristige Reparatur. In der Werkstatt brannte noch Licht, aber die Halle war aufgeräumt, und alle Mechaniker waren ins Wochenende aufgebrochen. Nur im Büro saß eine Person im Meisterkittel und war mit Schreibarbeiten beschäftigt. Laura wurde von einem menschlichen Bedürfnis geplagt, sie entdeckte eine Toilette und entschwand mit schnellen Schritten. Ich trottete zu der Person im Büro und legte unser Problem dar: »Wir haben in Taormina fest ein Hotel gebucht, ich will dort so bald wie möglich eintreffen, ich bin gerne bereit einen Expresszuschlag für die sofortige Reparatur zu zahlen«, bot ich verzweifelt an.

Der Mann hinter dem Schreibtisch war ein dunkelhaariger, gut aussehender Italiener, vermutlich der Werkstattinhaber. Er lief zu meinem Auto und verschwand unter der Motorhaube: »Non possibile, nix Reparatur heute möglich, keine Teile«, war aus dem Motorraum zu hören. Laura kam auf uns zu, und ich wollte ihr die Lage erklären. Der Italiener wand sich unter der Motorhaube hervor und bewegte sich bewundernd und beschwingt auf die Blondine aus dem Norden zu: »Che bella! Ich seien Carlo, der Chef«, nach einiger Überlegung fügte er hinzu: »Un momento, muss telefonieren.« Laura schien von dieser Begegnung genauso beeindruckt zu sein.

Er eilte in sein Büro, führte mehrere lebhafte Telefonate und kam schließlich mit einem breiten Lächeln zurück: »Mein Freund Paolo wird sich kümmern um Reparatur, ich konnte Ersatzteil besorgen. Wenn klappen, Auto in drei Stunden fertig.«

»Das haben Sie großartig gemacht«, jubelte Laura, »ich bewundere Sie und Ihr Organisationstalent.«

»Kennen Sie Amalfi?«, fragte Carlo mit einem unwiderstehlichen Strahlen in den Augen.

»Nein, wir wollten nach Sizilien fahren«, erklärte Laura und lächelte ihn erwartungsvoll an.

»Wenn man ist in Salerno und nicht sieht Amalfi, ist große Sünde. Ich Euch zeigen romantischste Stadt in ganz Italia.«

Da wir ohnehin drei Stunden bis zur Beendigung der Reparatur warten mussten, nahmen wir Carlos Angebot dankbar an. Laura nahm auf dem Beifahrersitz Platz und ich setzte mich hinten in das Auto unseres Führers. Er sah nicht nur gut aus, sondern verfügte auch über Charme und beeindruckende Sachkenntnis. Laura hatte Grundkenntnisse des Italienischen erworben und nahm lebhaft an der Konversation teil, die in einer Mischung aus deutsch, englisch und italienisch geführt wurde. Auf dem Rücksitz konnte ich nur Teile der blumenreich vorgetragenen Landschaftsbeschreibung verstehen. Wir waren mit der Vergangenheit dieser geschichtsträchtigen Küste bestens vertraut, noch bevor wir Amalfi erreichten. Der Abend senkte sich über die Bucht und die bunten Lichter des gegenüber liegenden Ufers spiegelten sich im Meer wie glitzernde Diamanten. Die Küstenstraße schlängelte sich hoch über dem Wasserspiegel und bescherte nach jeder Kurve einen neuen, fantastischen Blick auf diese malerische Bucht. Während dieser Fahrt lernten wir auch das Privatleben von Carlo kennen. Er berichtete von Problemen in seinem Büro, von seiner gescheiterten Ehe und der Tochter, die er nur jede zweite Woche sehen durfte. Dann fand der vom Schicksal Geforderte lobende Worte für Laura, die ausgleichend und friedfertig sei, und sie genoss mit feuchten Augen seine Komplimente.

Amalfi präsentierte sich als ein kleiner, pittoresker Ort mit engen Gassen, liebevoll restaurierten Fachwerkhäusern und Bögen über romantischen Innenhoftoren. Carlo hatte mit seiner Laudatio auf diesen Ort nicht übertrieben, und nun schwärmte er von seinem Lieblingslokal hier. Um den verborgenen Platz erreichen zu können, befuhr er eine als Einbahnstraße gekennzeichnete Gasse in falscher Richtung und parkte schließlich sein Auto in einer Einfahrt, denn Parkplätze gab es nicht.

Das Restaurant war rappelvoll, und ich hatte wenig Hoffnung hier noch einen Platz zu finden. Unser fescher Italiener wechselte mit dem Patrone einige Worte, es erfolgte ein Schulterklopfen, ein Tischchen und drei Stühle wurden herangetragen und wir konnten im Eingangsbereich Platz nehmen. Mit Prosecco stießen wir auf die deutsch-italienische Freundschaft an und duzten uns. Die Auswahl der Speisen übernahm Carlo, der nicht nur das Gericht beschrieb, sondern uns auch das Rezept verriet. Das Essen war hervorragend, und unsere Stimmung stieg mit jedem Glas Wein. Die Band wechselte zu romantischen Liedern, die eine Sängerin mit viel Timbre vorzutragen verstand. Carlo entführte nach dem Essen Laura zum Tanz, und beide entschwanden auf der engen Tanzfläche.

Ein Zeitungsjunge schwenkte ein Abendblatt und berichtete lautstark von einem Terrorakt mit zwei Toten in Italien. Roberto vom Nebentisch, ein Bekannter von Carlo, war Dozent an der Universität in Mailand und machte sich Sorgen über die wachsende Terrorgefahr und verwickelte mich in ein Gespräch:»Italien hat sich aus allen Kriegen im arabischen Raum herausgehalten. Warum verüben die Islamisten hier Terroranschläge?«

»Es ist das Ziel der Islamisten den Krieg aus ihren Ländern auch in die westliche Welt zu tragen und diese zu destabilisieren. Italien ist Teil der westlichen Welt.«

»Die finanzielle Ausstattung unserer Polizei ist unzureichend, der Zugriff auf digitale Daten ist eingeschränkt und gefasste Schurken müssen nach achtundvierzig Stunden wieder freigelassen werden. So können wir die Terrorabwehr nicht in den Griff bekommen. Ich spreche mich für die Erweiterung der Befugnisse unserer Polizei aus«, forderte Roberto energisch während der Kellner eine weitere Karaffe Wein auf den Tisch stellte.

Ich füllte mein Glas mit dem funkelnden Barolo und erklärte: »Das ist auch ein Ziel der Terroristen die Rechtstaatlichkeit abzuschaffen und die Scharia überall einzuführen. Der amerikanische Präsident hat sich sogar für Folter bei der Terrorbekämpfung ausgesprochen! Das empfinde ich als Rückschritt in das finstere Mittelalter und als Ende der Rechtstaatlichkeit. Einst waren die USA das Vorbild für das zerstrittene Europa. Heute blicke ich mit Abscheu und Sorge über den Atlantik. Ich bin überzeugt, mit Hinweis auf den Terror wurden schon zu viele Bürgerrechte außer Kraft gesetzt. Wir benötigen eine Beendigung der Stellvertreterkriege und keine neuen Antiterrorgesetze.«

Roberto schlug sich mit der Hand auf seine Brust: »Mich stört die Überwachung meines Telefons nicht, wenn durch diese Aktion ein Terrorist gefasst werden kann.«

»Der gefasste Terrorist wird bald durch einen anderen ersetzt, der unangemessene Eingriff der staatlichen Organe in die Privatsphäre bleibt. Wenn dem Staat ein permanentes Recht auf Lauschangriffe in den privaten Bereich seiner Bürger eingeräumt wird, wird es bald einen Staat geben, der damit Missbrauch treibt und seine Bürger manipuliert und unterdrückt.«

»Wäre dein Sohn bei diesem Terroranschlag getötet worden, würdest du dann auch so reden?«, fragte Roberto empört.

Laura war nicht von einem Terroristen sondern von einem Gigolo entführt worden, das war mir klar, aber ihr lange Abwesenheit beunruhigte mich zunehmend. Ich erhob mich kurz von meinem Stuhl und konnte das eng umschlungene Paar auf der Tanzfläche ausfindig machen. Das Gefühl ausgebotet zu sein, machte sich breit, und ich fuhr schlecht gelaunt mit der Diskussion fort: »Sicherlich ist es für den Betroffenen tragisch. Ihn trifft kein Verschulden, er war nur zufällig zur falschen Zeit an diesem Ort. Wir werden in den nächsten Tagen bis zum Erbrechen mit Meldungen über diese beiden Opfer und die Tat zugeschüttet, dabei sind es nur zwei von sechzig Millionen Italienern. Dieser feige Doppelmord wird durch unsere Presse zur Weltbedrohung hochstilisiert. Dadurch gewinnt die Tat eine Bedeutung, die ihr nicht zukommt.«

»Journalisten berichten nun mal lieber über Sensationen als über Sonntagspredigten, das ist ihr Job. Sie sind nicht beseelt davon uns objektiv zu informieren, sondern sie schreiben, was der Leser hören will und was sich gut verkaufen lässt. Für die guten Taten, die an jedem Tag viel öfter geschehen als die bösen, interessiert sich kein Mensch«, verkündete der Herr Professor und lehnte sich zufrieden zurück.

»Für Sensationslust könnte man Verständnis aufbringen. Ich befürchte aber es gibt Zentralen, vielleicht die Presseagenturen oder die Mediengruppen, die Informationen bewusst filtern oder aufbauschen, um dadurch bestimmte Ziele, wie die zum Beispiel die Aufrüstung, durchzusetzen.«

Endlich kehrten beide beschwingt von der Tanzfläche zurück und gesellten sich wieder zu uns. An unserem Gespräch über die Sensationspresse zeigten sie wenig Interesse. Laura lobte Carlos Tanzkunst und das romantische Ambiente. Er führte uns auf eine Dachterrasse, die einen herrlichen Blick auf die Altstadt und das Meer eröffnete. Meine Freundin bedankte sich bei ihm mit einem Kuss.

Auf der Rückfahrt wurde wenig gesprochen, Laura lehnte leicht ihren Kopf an Carlos Schulter. Der Wagen nahm sanft alle Kurven, und die Scheinwerfer tasteten sich die Küstenstraße entlang. Anders als bei der Hinfahrt, konnte ich mich nicht an der Schönheit der Bucht erbauen, sondern grübelte über meine prekäre Situation nach. Ich kam mir auf dem Rücksitz überflüssig vor und überlegte, wie es weitergehen könnte.

Paolo hatte gute Arbeit geleistet, mein Auto war repariert und abfahrbereit. Ich bezahlte die Rechnung und mahnte zum Aufbruch, weil ich keine Lust verspürte die

Nacht in dem für mich bedrückenden Salerno zu verbringen.

Laura nahm sich ihre Reisetasche aus meinem Wagen und warf mir einen kurzentschlossenen, entschuldigenden Blick zu: »Autopannen bescheren mir die anziehendsten Männer«, flüsterte sie mir ins Ohr, gab mir einen Wangenkuss und entschwand.

04.Der Rausch einer Nacht

Es war eine Einladung, die ich nicht ablehnen durfte, obwohl ich wenig Lust verspürte zu dieser Party mit versnobten Angebern zu gehen. Der Gastgeber Dirk war nicht nur befreundet mit mir, er war auch ein wichtiger Geschäftspartner. Ich schätzte an ihm seine Intelligenz und seinen Charme. Als Unterhalter konnte er die Zuhörer in seinen Bann ziehen, aber er reagierte sehr empfindlich, wenn jemand sich anders verhielt, als es in seiner sorgfältigen Planung vorgesehen war. Seine Feste zählten zu den gesellschaftlichen Ereignissen in Berlin und hatten Tradition.

Bei meinem Eintreffen war die Feier schon im vollen Gange. Ich begrüßte Dirk und einige mir bekannte Besucher, griff mir ein Sektglas und drehte eine Runde. Als Junggeselle drängte es mich, mir einen Überblick über die Gäste zu verschaffen, insbesondere über die weiblichen. Teile der Unterhaltung wurden so laut geführt, dass sie nicht überhörbar waren: »Ach, wie reizend, sie müssen uns unbedingt im Winter auf den Bermudas besuchen, da verlängern wir den Sommer«, schlug ein älterer, rundlicher Herr einem neben ihm stehenden jungen Paar vor.

»Das Kleid steht ihnen ausgezeichnet, sie wirken so jugendlich und schlank«, flötete ein Kavalier einer Matrone zu, die dankbar mit ihren aufgeklebten Wimpern klimperte.

Dieses Party-Gesäusel im Salon nervte mich, und ich flüchtete auf die Terrasse. Mir fiel eine schlanke, blonde Frau auf. Sie lehnte sich an den Garten-Pavillon, rauchte ein Zigarillo und trug lange, schwarze Handschuhe, die vielleicht einen Ehering verbergen sollten. Am Buffet standen zwei attraktive Damen, die in ein ernstes Gespräch vertieft schienen und sich gegenseitig Trost zusprachen. Eine trug einen kanarienvogelgelben Hosenanzug, die andere ein buntes, gezipfeltes Kleid, mit beeindruckendem Rückendekolleté. Ich lief zum Buffet, um diesen Rücken näher zu betrachten und mir ein Lachsschnittchen zu angeln, als eine flinke Hand sich eine Olive griff, die genau neben meinem angepeilten Schnittchen lag: »Habe ich ihnen etwas weggenommen?«, hörte ich eine charmant spöttelnde Stimme neben mir. Ich drehte mich herum und war geblendet von diesem Stück der Schöpfung, das mir wie die Vollendung alles Weiblichen erschien. Ich schätzte ihr Alter auf Mitte zwanzig, sie war von stattlicher Größe, mit fraulichen Formen, hatte lange, dunkle Haare, die im Wind wehten und ein Auge halb verdeckten, und sie schenkte mir ein bezauberndes Lächeln.

Ich spöttelte zurück: »Wenn ich eine Olive wäre, würde ich gern von ihnen vernascht werden. Besteht ihr Abendessen nur aus einer Frucht?«

Sie griff nach einer Zweiten: »Irrtum, ich vernasche nicht nur eine.«

Ich nahm mir auch eine Olive, um meine zudringliche Frage vorzubereiten: »Werden sie von niemanden vermisst, wenn sie mit mir hier Oliven verspeisen?«

»Wie hinterhältig sie fragen können! Noch kann ich speisen mit wem ich will, und ich hoffe, diese Freiheit wird mir auch als verheiratete Frau erhalten bleiben. Haben sie schon gehört, dass der russische Präsident Putin einen Heiratsantrag an Angela Merkel gestellt hat, um sie gefügiger zu machen.«

»Vorher müsste sie durch einen Richter, wie Donald Trump, geschieden werden. Wenn mit dieser Erwartung der Bund der Ehe eingegangen wird, ist sie zum Scheitern verurteilt.«

Ich versuchte meine Gesprächspartnerin mit Zitaten zu beeindrucken: »Der libanesische Dichter Khalil Gibran hat schon vor hundert Jahren verkündet: Liebet einander, aber macht die Liebe nicht zur Fessel. Singt und tanzt zusammen und seid froh, und doch soll jeder von euch bei sich allein bleiben, so wie die Saiten einer Laute einzeln gespannt sind, auch wenn sie mit derselben Musik erzittern.«

»Des Dichters Metapher von den beiden getrennt gespannten Saiten, die mit derselben Musik erzittern, gefällt mir. Ich finde es lobenswert, dass sich diese Erkenntnis auch im arabischen Raum finden lässt.«

Dirk lief mit einem Teller um das Buffet: »Wie schön, ihr habt euch schon bekannt gemacht. Ich habe Viktoria beim Segeln kennengelernt. Sie ist eine erfolgreiche Seglerin, die mir schon manchmal davongesegelt ist. Man hat den Eindruck, dass sich Poseidon persönlich um sie kümmert.«

»Glück hat auf die Dauer nur die Tüchtige«, antwortete ich schmunzelnd, nahm mir eine Schnitte mit Ziegenkäse und hoffte, dass Dirk meine zarten Bande zu Viktoria nicht stören würde: »Wo ist Christiane? Ich habe sie noch nicht gesehen.«

»Meine Frau hat sich hinter der Bar versteckt, weil hier ein gelber Hosenanzug aufgetaucht ist, der ihrem auf das Haar gleicht, eine wahre Tragödie! Sie schämt sich und ist stinksauer auf ihre Herausforderin. Vielleicht kannst du sie aufbauen und hinter der Bar hervorlocken. Ich habe es schon versucht, aber Ehemänner haben da schlechte Karten.«

Ich fürchtete, Viktoria könnte sich während meiner Abwesenheit einem anderen Gast zuwenden und schlug vor: »Kommen sie mit zur Bar, mit einer weiblichen Stimme erhöhen sich die Chancen zur Rettung des Festes.« Wir schlenderten gemeinsam zur Bar und bestellten Cocktails.

»Hallo Christiane, du kümmerst dich heute wenig um deine Gäste. Habe ich mich ungehörig benommen und mir deinen Zorn zugezogen?«

»Du nicht, aber dieser aufgeblasene, gelbe Kanarienvogel dort am Buffet. Sie sollte wenigstens so viel Anstand haben und mein Fest freiwillig verlassen.«

»Ich finde deinen Hosenanzug todschick. Bei so vielen Gästen fällt die Ähnlichkeit des Anzugs mit dem der

Dame am Buffet kaum auf«, versuchte Viktoria zu beruhigen.

»Ihr Frauen überbewertet die Wichtigkeit von Kleidern. Während der Regentschaft von Mao Tsetung trugen alle Chinesen die gleiche blaue Einheitskleidung, die wurde nur ausgetauscht, wenn sie verschlissen war.«

»Und nach der Wende haben sich die Chinesen zuerst bunte Kleider gekauft, um ihre Individualität hervorzuheben, bevor sie Fernseher und Autos bestellten! Die zu einer Person passende Kleidung wurde offensichtlich wichtiger eingeschätzt als Luxusgüter.«

»Es ist das Ziel der Modeschöpfer, möglichst viele Frauen für ihr Modell zu begeistern. In der nächsten Saison werden sie sich dann ein anderes Modell ausdenken, so lässt sich der Umsatz steigern. Wer sich modebewusst geben will, kann sich diesem Diktat nicht entziehen. Die Massenproduktion verlangt, dass möglichst viele dieses Modell tragen, auf diesem Fest sind es nur zwei.«

»Mein Hosenanzug ist keine Konfektionsware, der stammt aus der teuersten Boutique in Berlin, da erwarte ich Exklusivität«, gestand Christiane und wagte sich hinter der Bar hervor, um einen Blick auf die Dame am Buffet zu werfen.

»Ich schenke dir meinen blauen Seidenschal, dann kannst du damit deinen Kragen drapieren, dein Hosenanzug erhält ein neues Erscheinungsbild und ist dann einzigartig«, bot ich der Gastgeberin an.

»Vincent, dein Vorschlag ist gut gemeint, aber er löst nicht mein Problem. Man merkt, dass du keine Frau bist«, antwortete Christiane, die wenig Begeisterung für meinen Vorschlag zeigte.

Viktoria schaltete sich erneut ein und reichte ihr ein Cocktailglas:»Die Dame im gelben Anzug heißt Amalie Zudrell. Sie ist eine liebenswerte, friedfertige Person, ich würde Sie gern mit ihr bekannt machen, wir sind im selben Segelclub. Ich schlage vor, wir gehen jetzt gemeinsam zu ihr ans Buffet, und sie begrüßen den „Kanarienvogel" herzlich und stoßen mit ihrer als „Zwillingsschwester" an.«

»Niemals! Sie kann gefälligst zu mir kommen.«

Ich fand Viktorias Friedensvorschlag sinnvoll, war über Christianes tumbe Blockadehaltung enttäuscht und wollte das nicht verbergen:»Es ist wie in der Politik. Ohne Verständnis und Nachgeben wird es keine friedliche Lösung geben. Als Gastgeberin solltest du um das Wohl deiner Gäste bemüht sein und eigene Befindlichkeiten überwinden.«

Ich hatte den Wunsch dieses kindische Gespräch zu beenden. Die Kapelle spielte im Hintergrund den Frank Sinatra-Titel: Strangers in the night:»Viktoria, möchten Sie tanzen? Ich möchte mich auch vorstellen, meine Eltern haben mir den Namen Vincent, wie der Maler aus Holland, gegeben.«

»Ich tanze gerne. Den Anfangsbuchstaben haben unsere Vornamen gemeinsam.«

Sie zog mich mit entschlossenen Schritten auf die Tanzfläche. Wir tanzten eng umschlungen, Wange an Wange und waren froh, diesem peinlichen Gespräch entkommen zu sein. Ich fühlte ihre weiblichen Formen, spürte ihren Atem, roch einen Hauch ihres Parfums und wünschte, dieser Tanz möge nicht enden. Als die Kapelle eine Pause einlegte, suchten wir uns ein Plätzchen im Garten-Pavillon. Viktoria erzählte aus ihrem Leben, auch von ihren Pannen und Enttäuschungen. Ich hatte das Gefühl, diese Traumfrau ist für mich begeistert und vertraut mir ihre Geheimnisse an, wie einem guten, alten Freund. Ich war von ihr fasziniert und erzählte auch aus meinem Leben. Wir gingen mit großen Schritten aufeinander zu. Als ich zögernd meine Hand auf ihre Schulter legte, verzichtete sie auf jedes weibliche Abwehrspiel und gab mir das Gefühl, willkommen zu sein. Dann spießte diese attraktive Verführerin die Kirsche ihres Cocktails auf, schob sie mir in den Mund und fragte: »Es ist eine schöne, laue Sommernacht, und die Fremden hier stören. Lass uns in meine Wohnung gehen, ich möchte dir meinen unvergleichlichen Kaffee servieren.«

Ein wohliges Gänsehautgefühl rieselte über meinen Rücken. Sie benutzte in ihrem Vorschlag ein vertrauliches du. Noch nie ist es mir gelungen eine Frau in der ersten Nacht der Bekanntschaft zu verführen, heute könnte es passieren: »Ja, ich kann es kaum erwarten von deinem unvergleichlichen Kaffee zu naschen. Ich will diese Party auch verlassen und gehe gerne mit dir.«

»Wir sollten nicht zusammen aufbrechen. Du gehst zuerst, ich werde dir in zehn Minuten folgen. Warte auf mich an der Ecke Fasanenstraße.«

Beschwingt, fast hüpfend lief ich zur Fasanenstraße und wartete unter einer Laterne. Die zehn Minuten waren längst verstrichen und von meiner Traumfrau war keine Spur zu erkennen. Meine Unruhe steigerte sich. Meinte sie vielleicht eine andere Kreuzung der Fasanenstraße, fragte ich mich, oder bereute sie ihren Vorschlag und war allein nach Hause gegangen? Ich hielt Ausschau nach einer anderen Ecke dieser Straße, da war ein Klappern von hochhackigen Schuhen zu hören, die Herbeigesehnte kam auf mich zu, nahm wortlos meine Hand, und wir schlenderten Hand in Hand die Fasanenstraße entlang. In ihrer Wohnung angekommen, stieß Viktoria die Tür mit dem Hacken zu und nahm mich in die Arme: »Halte mich ganz fest und nimm mich langsam und behutsam, wie eine Igelin.«

Über das Liebesverhalten von Igeln wusste ich wenig. Vermutlich müssen diese Tiere besonders vorsichtig ans Werk gehen. Ihre Anregung, die fast wie eine Anweisung klang, stimulierte mich zusätzlich, und ich folgte ihr mit gespannter Hose ins Schlafzimmer. Viktoria ließ ihr Kleid fallen und verschwand wortlos im Bad. Ich saß auf dem Bettrand, wie bestellt und nicht abgeholt, und überlegte, ob ich mich ausziehen sollte. Meine Kleidungsstücke legte ich sorgfältig auf einen Stuhl, behielt nur den Slip an und wartete erneut. Es dauerte eine Weile bis sie, in einen weißen Bademantel gehüllt, zurück kam und sich in das Bett legte. Ich zögerte einen Moment, legte mich dann zu ihr, und unsere Körper glitten ineinander in paradiesischer Lust. Sie krallte ihre Fingernägel in meinen Rücken und gab sich mit einer Leidenschaft hin, die ich noch nie erlebt hatte. Wie im Rausch forderte sie immer wieder dieses paradiesische Spiel ein. Das Zimmer mit seinen Möbeln und Gardienen verwandelte sich zu einer Wolke aus Gerüchen, Gefühlen und Glückseligkeit, und wir überströmten uns die ganze Nacht.

Irgendwann muss ich dann eingeschlafen sein. Pläne schlichen durch meinen Kopf, wann können wir uns wiedersehen, sollte ich diese Frau heiraten, die mir so viel Lust und Erfüllung geschenkt hat? Ich fühlte mich wie Hans im Glück.

Kaffeegeruch stieg mir in die Nase und eine Hand zog die Bettdecke zur Seite: »Frühstück ist fertig«, verkündete eine Stimme im kalten, sachlichen Ton. Ich kam mir nackt und verlassen vor und hatte mir das Erwachen romantischer vorgestellt. Viktoria war angezogen und hantierte hektisch in der Küche, ohne von mir Notiz zu nehmen. Mein beschwingtes: Guten Morgen, blieb ohne Erwiderung. Der weiße Bademantel lag noch neben dem Bett, ich ergriff ihn und flüchtete ins Badezimmer. Unter der Dusche grübelte ich über die veränderte Situation nach, habe ich im Schlaf gesprochen und etwas Unpassendes gemurmelt, oder habe ich geschnarcht und sie verängstigt? Ich fand keine plausible Erklärung für ihr total verändertes Verhalten. Als ich aus dem Bad kam, ging ich auf Viktoria zu und wollte ihr einen Wangenkuss geben. Sie wehrte ab und fragte: »Toast oder Schwarzbrot?«

Vollends verunsichert nahm ich Platz und schenkte mir Kaffee ein: »Ich war sehr glücklich mit dir heute Nacht.«

»Diese Nacht wird sich nicht wiederholen«, verkündete sie entschlossen und sah dabei aus dem Fenster.

Alle meine hochfliegenden Träume wurden zerschmettert, wie ein Flugzeug nach einer Bruchlandung: »Ich würde dich gern wiedersehen«, stammelte ich, nur um etwas zu sagen.

Die Gastgeberin bestrich eilig ihr Toast mit Butter: »Das wird nicht möglich sein.«

»Wenn ich etwas Falsches gesagt oder gemacht habe, möchte ich mich dafür entschuldigen.«

»Du hast nichts falsch gemacht, ich habe die Nacht mit dir sehr genossen, gerade weil sie einmalig bleiben wird«, gestand Viktoria.

»Nenne mir einen plausiblen Grund, warum wir uns nicht erneut sehen können.«

Viktoria lehnte sich zurück, holte tief Luft und gestand: »Weil ich *morgen heiraten* werde! Ich habe noch viele Vorbereitungen zu treffen und bitte dich jetzt zu gehen.«

Die Straße unter mir fühlte sich an wie Watte, ich tappte unsicher voran, ohne Ziel. Mir wurde klar, dass nicht ich sie in dieser Nacht verführt hatte, sie hatte mich nur benutzt. Diese Braut hatte Torschlusspanik und wollte den letzten Tag ihrer Ungebundenheit nutzen, um ihre sexuellen Fantasien auszuleben. Sie wollte nicht mich, sie benötigte irgendeinen Mann als Sexualobjekt. Diese Circe hat mich hoch fliegen und absichtlich tief stürzen lassen.

Dieser Absturz brachte mich in Wut und verletzte mich, ich fühlte mich missbraucht und gedemütigt, wie selten in meinem Leben.

05.Die Freundin meines Sohnes

Während der Rückfahrt von der Besprechung der Abteilungsleiter dröhnten die Worte des Chefs noch in meinen
Ohren: »Auch in diesem Monat hat unser Export die Um-
satz-Ziele nicht erreicht, trotz eines Zuwachses beim Maschinenbau im deutschen Export. Ich fordere hier ein
höheres Engagement ein.«

Die Exportabteilung hat ihr Umsatz-Ziel nicht erreicht,
weil die Produktion nicht liefern konnte. Mein Auftrags-
eingang lag über dem Soll, und nur darauf kann ich, als
Exportleiter, Einfluss nehmen. Das weiß Herr Grünberg
genau und hat mich zu Unrecht vor den versammelten
Kollegen niedergemacht. Es ist seine Taktik, in dieser
Woche den Export madig zu machen und das Inland zu
loben und in der nächsten Woche das Inland zu tadeln.
Ich hätte mich wehren müssen, und es ärgerte mich, dass
ich es auch diesmal wieder nicht getan habe. Ich scheute
die Konfrontation und hatte feige geschwiegen, wie ein
Schuljunge, der vom Lehrer zu Unrecht ermahnt wurde.

Unser Sohn Robert hat eine eigene Wohnung bezogen,
um sich in Berlin zum Sozialpädagogen ausbilden zu
lassen. Meine Ehefrau Judith hat ihm diese Berufswahl,
gegen meinen Rat, nahegelegt. Sie hat vor einigen Jahren
ihre berufliche Tätigkeit als Psychologin wieder aufge-
nommen und versuchte verstärkt eigene Wege zu gehen
und sich von mir abzugrenzen. Sie wollte aus dem Schatten ihres strahlenden Ehemanns Alexander heraustreten

und ihr eigenes Profil schärfen. Dieser Versuch treibt gelegentlich bizarre Blüten: Zu meiner Geburtstagsfeier lud sie eine Reihe ihrer Freundinnen ein und stellte sie den Gästen und mir vor. Dabei benutzte die Gastgeberin entbehrliche Superlative, die besonders bei einer Psychologin peinlich wirkten: Das ist Liane, meine beste Freundin; das ist Beate, meine langjährigste Freundin; das ist Renate, meine fachlich kompetenteste Freundin...Die betroffenen Damen zuckten bei ihrer Namennennung zusammen, als würde sie ein Blitz aus heiterem Himmel treffen. Ihre Profilierungsneurose und meine intensive Reisetätigkeit haben uns in den letzten Jahren immer weiter voneinander entfernt. Die einst so leidenschaftlichen Begegnungen im Bett sind zu einer müden Ehepflichterfüllung verkommen. Ich versuchte dieser unerfreulichen Entwicklung entgegenzuwirken und widmete mich ihren kritischen Anmerkungen über mein Verhalten. Mit Eifer versuchte ich mein Fehlverhalten zu bekämpfen und war bestrebt Gemeinsamkeiten zu entdecken.

Robert gegenüber zeigte sie sich als die liebende, verwöhnende Mutter, die ihr Kind vor dem fordernden und strengen Vater beschützen musste. Unser Sohn hatte Schwierigkeiten sein Alltagsleben zu meistern, die ich auf diese inkonsequente Erziehung und das Verhätscheln der Mutter zurückführte. Es freute mich zu erfahren, dass Robert mit uns zusammen Sylvester verbringen wollte, um uns seine neue Freundin vorzustellen. Sylvester pflegten wir mit Freunden unseres Alters zu Hause zu feiern, so wurde in diesem Jahr unsere Feier durch die Jugend bereichert.

Robert erklärte uns, er habe sich von seiner bisherigen Freundin getrennt und fände nun die neben ihm stehende Sabine anziehend, die teilweise die gleichen Fächer wie er belegen würde. Sabine war eine schlanke, gut ausse-hende Frau, die einen melancholischen, leidenden Ein-druck auf mich machte. Ihr Blick war in die Ferne gerich-tet, als sei sie der Welt entrückt, ihr Händedruck war kaum spürbar, und sie beteiligte sich wenig an unseren Gesprächen. Robert verkündete enthusiastisch seine Plä-ne zur Gründung einer Familie. Sabine machte deutlich, dass ihr die Karriere wichtiger sei, und sie sich ein Leben mit Baby-Geschrei und stinkenden Windeln nicht vor-stellen könnte. Als sie nach der Salatschüssel griff, be-rührten sich zufällig unsere Hände, und als sie neben mir Platz nahm, spürte ich ihren Oberschenkel an meinem, obwohl hinreichend Abstand zwischen unseren Plätzen bestand. Diese rätselhafte Freundin sorgte für Verwirrung bei mir.

»Ich wollte Sabine in unsere WG aufnehmen, aber mei-ne Kumpels befürchten, dass ein weibliches Wesen Un-ruhe zwischen uns stiften könnte«, gestand mein Sohn freimütig.

»Wird in Eurer WG gekocht und wer besorgt die Le-bensmittel«, fragte Judith besorgt, »ich habe Rinderrouladen für Dich geschmort, damit Du Dir wenigstens eine warme Mahlzeit machen kannst«.

»Wenn ich Getränke oder Wurst in unseren Kühlschrank lege, sind sie am nächsten Tag verschwunden. Ich bewahre meine Lebensmittel jetzt bei mir im Zimmer auf. Zum Kochen hat keiner von uns Lust und Zeit.«

»Ich behalte meine Einzimmerwohnung weil ich wenig Neigung verspüre in einer Männer-WG zu wohnen«, erklärte Sabine zum Abschied und gab mir einen Wangenkuss.

Unser Sohn hatte sich mit ihr erneut für die Osterferien angekündigt.

Bei strahlendem Sonnenschein genossen wir das Fest und die kulinarischen Köstlichkeiten, die Judith zubereitet hatte. Wir wollten uns nach dem Essen bewegen und um den Baggersee joggen. Robert klagte über eine Verletzung, die er sich auf der Treppe zugezogen hatte und wollte sein Bein schonen, daher brach ich ohne Robert mit seiner Freundin zum Waldlauf auf. Sie ließ mich ihre Jugend spüren und lief sehr zügig. Ich hatte Mühe ihr zu folgen. Tief im Wald, in dem der Frühling die jungen Blätter entrollte, blieb Sabine plötzlich stehen, löste einige Knöpfe und ihr Jogginganzug glitt langsam zur Hüfte herab, verharrte dort einen Augenblick und fiel dann ganz zu Boden. Verschwitzt, aber voller Anmut stand sie vor mir, mit leicht gespreizten Beinen und nur mit einem knappen, schwarzen Slip bekleidet. Ihr fordernder Blick traf mich wie ein Befehl: »Du solltest mich jetzt nehmen, sonst wirst du es bereuen.«

Ich war verwirrt, hier könnten Spaziergänger auftauchen, aber ich war wie ein Willenloser, der vom Rausch der Sinne betört wurde, und ich wollte es nicht bereuen. Ich hatte nach unserer leidenschaftlichen Begegnung im Gras ein schlechtes Gewissen. Auf der Rückfahrt vereinbarten wir strengstes Stillschweigen über diesen einmaligen Ausrutscher im Frühling. Der Ostermontag verlief fröhlich und unkompliziert. Judith und Robert waren bester Laune, und ich hoffte, dass mein Fehlverhalten ohne Konsequenzen bleiben würde. Sabine erzählte von einer glücklichen Kindheit und ihrer Familie. Der französische Vater habe ihr das Savoir-vivre beigebracht und die strenge, deutsche Mutter habe den Ehrgeiz in ihr geweckt. Trotz der enthusiastischen Erzählung, hatte ich das Gefühl, in ihrer Vergangenheit gibt es einen dunklen Punkt. Später erfuhr ich, dass ihr Vater, unter ungeklärten Umständen, Selbstmord verübt hatte.

Eine Geschäftsreise führte mich nach Japan und die Vorbereitungen dafür beanspruchten meine ganze Aufmerksamkeit. Das berauschende, geheime Erlebnis vom Ostersonntag rückte in weite Ferne. Es war unsere Firmenstrategie auf dem wichtigen, japanischen Markt mehr Umsätze zu erzielen, und ich suchte dort nach einer geeigneten Vertretung für unsere Produkte. Ich beherrschte weder die japanischen Schriftzeichen noch die Sprache, trotzdem kam ich mit der gut organisierten Metro in Tokio zurecht. Die Farben und die arabischen Zahlen mit denen die einzelnen Linien gekennzeichnet waren, ermöglichten auch einem Europäer sein Ziel alleine zu finden. Beängstigende Menschenmassen ergossen sich in die Wagons, und ich wurde angestarrt wie ein Außerirdischer. Ich konnte mir vorstellen, dass sich ein Farbiger in Europa auch so angeglotzt fühlt, wie ich in Japan.

Der Platzmangel in der fünfzehn Millionen Metropole sorgt für ungewöhnliche Lösungen. Ich machte Bekanntschaft mit Schlafkojen in Hotels. Über eine Leiter erreicht der Gast die Luke zu seinem Bett. Von außen betrachtet, erinnerten diese Luken an die Fächer eines Tiefkühlschranks. In der Koje befand sich ein Bett mit allem Komfort: Bar, Klimaanlage, Telefon, Fernseher...Der Gast hatte nur die Möglichkeit sich auf das Bett zu setzen, stehen konnte er nicht. Für Menschen mit Klaustrophobie muss eine Nacht in solch einer Schlafkoje ein Horror sein. Als ich zu meiner Wabe kletterte, hatte ich die blödsinnige Vision, Sabine würde in dem Bett auf mich warten.

Die Gespräche in Tokio verliefen zu meiner Zufriedenheit. Am Abend lud mich mein Gesprächspartner in ein traditionelles Geisha-Haus ein. Diese Frauen aus armen Familien erhielten eine Ausbildung zur Unterhaltung der (männlichen) Gäste: Gesang, das Beherrschen mehrerer

Instrumente, Tanz und Spiele gehörten dazu. Uns wurden wehmütige Lieder vorgetragen, die von einem lautenähnlichen Zupfinstrument begleitet wurden. Wir wurden animiert über Bambusstangen zu hüpfen, die von den Geishas im Rhythmus der Musik zusammengeschlagen wurden. Die blauschwarzen Haare der Schönheiten waren hochgesteckt und mit langen Nadeln befestigt. Puder war so dick aufgetragen, dass mich ihre Gesichter an Kinderpopos erinnerten, die keine Erotik ausstrahlten. Auf mich wirkten diese vom Leben vernachlässigten Masken der Geishas starr, fast erloschen, obwohl sich ihre Körper voller Grazie und Anmut bewegten.

Bei meiner Rückkehr aus Japan warteten Überraschungen auf mich. Mein Sohn war bei der Psychologie-Klausur zum zweiten Mal gescheitert und musste seine Ausbildung abbrechen. Er wollte sich jetzt dem Studium der Sinologie zuwenden, ein Vorhaben, das wenig Begeisterung bei mir auslöste.

»Dieser blöde Psychologie-Prof Schnatter hatte mich von Anfang an auf dem Kieker, der sieht schon so aus, als sei er einer Irrenanstalt entlaufen. Seine Freud-Lastigkeit geht mir tierisch auf den Sack«, verkündete Robert und schwenkte den Fuß vor, als würde er dem Professor einen Tritt versetzen.

»Jetzt musst du dich von Herrn Schnatter nicht mehr ärgern lassen, mein armer Junge, das hat auch sein Gutes. Es ist nervend, wenn ein Lehrer ungerecht ist und jemanden nicht leiden kann. Warum willst du Sinologie studieren, ist das nicht ein sehr ausgefallenes Fach?«, forschte Judith nach.

»Mein Kommilitone Heini will das auch studieren, und wir machen vieles zusammen. Der chinesische Markt gewinnt weltweit rasant an Bedeutung und Sinologen werden bald gefragt sein«, erklärte unser Sohn. Dabei nickte er bekräftigend mit dem Kopf, als wolle er sich selbst Mut zusprechen.

»Ich bedaure dein Scheitern bei der Klausur«, mischte ich mich ein, »selbstgesteckte Ziele sollte man erreichen, sonst leidet das Selbstvertrauen. Du musst auch mit einem freudlastigen Professor zurechtkommen. In deinem Kurzportrait spiegelt sich eine tiefe Verachtung für deinen Professor wider, aber irgendeine liebenswerte Eigenschaft hat sicherlich auch dieser Mensch, du solltest sie nur ausfindig machen. Ich muss mit meinem Vorgesetzten Grünberg auch zurechtkommen, mit dem ich nie freiwillig ein Glas Wein trinken würde. Gelingt es mir nicht, dann hätten wir bald nichts mehr zu essen. Nimm die Menschen so wie sie sind, es gibt keine anderen. Vorgesetzte werden oft als brutale Rüpel wahrgenommen. Das hängt mit ihrer Aufgabenstellung zusammen, nicht immer mit der Person.«

Meine Frau brachte Robert ein Lachsbrötchen und ein Glas Sekt: »Nun stärke dich erst einmal, dann sieht die Welt gleich freundlicher aus.«

»Unterstellen wir einmal, du kannst das Studium der Sinologie erfolgreich abschließen, welche beruflichen Möglichkeiten eröffnen sich dann für dich?«

»Das wird sich finden. Heini meint man kann im Kulturreferat oder im diplomatischen Dienst tätig werden.«

»Gibt es keine Ausbildung, die losgelöst von Heinis Neigungen ist, und die auf dem angefangenen Studium aufbaut? Ich möchte keinen ewigen Studenten finanzieren.«

»Die Eltern sind verpflichtet ihren Kindern eine angemessene Ausbildung zu bezahlen, notfalls auch ein zweites Studium. Zu dem Thema gibt es eine höchstrichterliche Entscheidung. Übrigens warst du auch kein Musterstudent.«

Die Debatte drohte zu entgleiten, da ich die konzeptlose und fordernde Einstellung meines Sohnes nicht billigen konnte. Enttäuscht zog ich mich in mein Arbeitszimmer zurück und beschäftigte mich mit der Auswertung meiner Japanreise, tippte den Reisebericht in den Rechner und suchte meine Belege für die Abrechnung zusammen.

Am folgenden Sonntag brach ich, wie an jedem Wochenende, zu meinem Waldlauf auf. An meinem Autoscheibenwischer hing ein Zettel, den ich fast übersehen hätte: »Wollen wir unseren Waldlauf wiederholen? Ich warte auf dem Parkplatz. S.« Ich fühlte ein Kribbeln, wie bei der Berührung eines unter Strom stehenden Rinderzauns. Ich zerknüllte die Notiz und schob sie in die Tasche meiner Hose. Ein vernünftiger Mensch wäre bemüht einer erneuten Begegnung mit Sabine auszuweichen, noch hatte ich die Möglichkeit dazu. Ich sollte zurück ins Haus gehen und den Waldlauf heute ausfallen lassen, aber ich war kein vernünftiger Mensch. Des Schicksals Mächte lassen sich nicht besiegen. Ich war machtlos, wie ein Schwimmer in einer Stromschnelle, der immer weiter flussabwärts getrieben wird. Es zog mich mit magischer Kraft zu dem Parkplatz. Sabine wartete an ein Auto gelehnt auf mich. Das Gesicht war halb von der Kapuze ihres Jogginganzuges verdeckt.

»Hallo Alexander«, rief sie kurz und rannte los, als sei es selbstverständlich, dass ich ihr folgen würde. Wieder blieb sie tief im Wald stehen, aber diesmal sah sie mich nur an und wartete. Wie ein Besessener riss ich ihre Knöpfe auf und befreite das Objekt meiner Begierde aus dem Jogginganzug. Sie legte sich in ein Moos-Bett und überströmte mich mit all den Köstlichkeiten der Erotik, die nur eine Frau schenken kann, und der Wald erzitterte.

Auf dem Parkplatz vereinbarten wir erneut, dass dieses Treffen streng geheim bleiben sollte, und es keine weiteren Treffen mehr geben darf, aber nach dem ersten gebrochenen Schwur wirkt der zweite kraftlos und unglaubwürdig. Ich musste nachts immer wieder an Sabine denken, und es erforderte all meine Willenskraft, sie *nicht* anzurufen. Nach einiger Zeit stellte mir meine Sekretärin den Anruf einer »Sachbearbeiterin des Finanzamts« durch. Die mutige Anruferin trug den Vornamen: Sabine, kannte das Finanzamt allenfalls von außen und lud mich in Ihre Wohnung ein. Irgendwann habe ich den Kampf gegen die Macht des Schicksals aufgegeben, und wir trafen uns häufiger zum intensiven Liebesspiel. Ich war der Freundin meines Sohnes hörig, wie eine Biene, die vom betörenden Duft einer Blühte angelockt wurde. Aber diese rätselhafte Frau blieb mir fremd, sie war für mich emotional nicht fassbar. Ich begehrte leidenschaftlich diese junge Schönheit, aber ich liebte sie nicht. Während unserer kurzen Treffen wurde wenig gesprochen, nur ihr Körper stürzte sich gierig auf meinen, als wolle sie meine Lebenserfahrung aus mir heraussaugen.

Unerwartet und für mich unfassbar, stand mein Sohn in der Tür. Er musste wohl einen Schlüssel zu Sabines Wohnung gehabt haben. Er sah mich, unzureichend bekleidet, auf dem Bettrand sitzen. In ihm schien eine Welt zusammenzubrechen, er drehte auf dem Absatz um und rannte in Panik davon, direkt vor einen herannahenden Lastwagen. Ich eilte ihm nach, hörte einen dumpfen Aufprall, sah ihn im hohen Bogen durch die Luft fliegen und auf den Asphalt klatschen. Ich fühlte mich mit Schuld besudelt und wollte in den Boden versinken, aber ich stieg in den herbeigerufenen Notarztwagen, hielt seine Hand und murmelte gebetsmühlenartig Worte der Entschuldigung. Robert erlag, noch bevor wir das Krankenhaus erreichen konnten, seinen schweren Verletzungen.

Ich war wie betäubt, unfähig zum Gehen und musste eine Taxe für die Heimfahrt benutzen.

Ich überbrachte Judith die entsetzliche Todesnachricht und verschwieg nicht, dass ich mich in Sabines Wohnung aufhielt. »Gib mir meinen Jungen wieder, du hast ihn in den Tod getrieben, du lüsterner Wüstling!«, schrie meine Frau in einem hysterischen Anfall. Ihre heftige Reaktion war verständlich, ihr besessenes Schlagen mit dem Kopf an die Tür machte mir Sorgen. Ihre Augen traten hervor, wie bei einer Kröte, und ich hatte den Eindruck, sie wollte irgendetwas zerstören. Ich zog mich zurück und versuchte meine Situation zu erfassen und zu überlegen, wie es weitergehen könnte in meinem Leben.

Judith wollte sich von mir trennen, wir hätten diese Trennung schon viel früher vollziehen sollen. Ich überließ ihr das Haus, kündigte meine gut bezahlte Anstellung und zog in eine andere Stadt. In der Hackordnung der neuen Firma stand ich nun an letzter Stelle und musste mir einen Platz erst erkämpfen, das kostete Kraft.

Unsere langjährigen Freunde waren gezwungen sich entweder Judith oder Alexander zuzuwenden. Freundschaft zu beiden Ex-Ehepartnern zu unterhalten, schien einem Verrat gleich zu kommen. Viele verurteilten mein Verhalten, und so blieb mir nur eine bescheidene Schar von Getreuen. Wenn ich abends erschöpft in meine gemietete Wohnung kam, war sie leer. Man hörte nur das Ticken der Wanduhr. Die Nachbarn kannte ich nur flüchtig, und ich musste mich um die Wäsche und das Essen selber kümmern, das war ungewohnt und zeitraubend. Früher störten mich die fordernden und aufsässigen Kommentare meines Sohns, heute fehlten sie mir. Früher konnte ich mit Genuss abends ein Buch lesen, jetzt zippte ich gelangweilt durch die Fernsehprogramme und sah mir Talkshows an und schlief dabei ein. Mein Leben hatte sich verändert, aber nicht zu seinem Vorteil. Nachts wachte ich auf und fand stundenlang keinen Schlaf. Ich starrte die Zimmerdecke an, die wie eine dunkle Wolke über mir hing, und ich fragte mich nach dem Sinn meines Lebens. Mein Dasein schien in einer Sackgasse zu enden, ohne einen Nachfolger. Mein Anhäufen von irdischen Gütern wird allenfalls einen Wohltätigkeitsverein beglücken aber keine Tradition fortführen. Der ehrwürdige Familienname: Kühne, wird aussterben, keine Enkel werden auf meinem Knie herumkrabbeln und den Opa ausfragen.

Sollte ich mit zweiundfünfzig Jahren mir eine neue Familie aufbauen? Kann ich im fortgeschrittenen Alter noch mit meinen Kindern auf dem Fußboden Eisenbahn spielen? Könnte es den Kindern peinlich sein, wenn ein so alter Vater sie von der Schule abholt? Alles im Leben hat seine Zeit. Mein Alter zeigte mir, dass das Verfallsdatum für einen angehenden Familienvater längst überschritten war.

Es machte mir Freude festzustellen, dass ein ungebundener Mann im fortgeschrittenen Alter, der vorzeigbar war und über ein gutes Einkommen verfügte, beim weiblichen Geschlecht noch auf Interesse stieß. Meine Begeisterung für das weibliche Geschlecht hatte jedoch durch meine leidvolle Erfahrung einen tiefen Riss bekommen. Ich war nicht bereit mich zu öffnen und eine neue Beziehung aufzubauen. Wenn eine Bekanntschaft in feste Bahnen zu führen drohte, ließ ich sie auslaufen. Mein ehemals lebhaftes Interesse an der holden Weiblichkeit war heute gedämpft. Ich fühlte mich wie ein kastrierter Kater.

In der Urlaubszeit machte ich Reisen in Länder, die ich als Geschäftsreisender noch nicht kennengelernt hatte. Eine Reise führte mich in die prächtige Zarenstadt Sankt Petersburg, eine andere in die Urwälder am wasserreichen Amazonas, eine weitere zu den ägyptischen Tempeln am Nil. Meine Touren halfen mir Abstand zu den tragischen Ereignissen zu gewinnen.

Seit sieben Jahren reise ich als Single durch die Welt, ohne eine herausragende Begegnung zu haben. Auf der Rückkehr von einer Urlaubsfahrt saß ich dösend in einem Warteraum des Frankfurter Flughafens. Meine Maschine war mit Verspätung gelandet, und ich hatte den Anschlussflug verpasst. Ein weiblicher Fluggast schritt entschlossen vorbei in einem grauen, abgewetzten Kostüm. Ihr Gang kam mir irgendwie vertraut vor. Ich konnte zunächst das Gesicht nicht erkennen, aber sie drehte sich plötzlich um und nahm ihre beiden Kleinkinder an die Hand, die maulend hinter ihr liefen. Ja, ich hatte richtig vermutet, es war Sabine. Ihre Züge zeigten Furchen, die das Leben eingebrannt hatten. Dem Trio folgte ein bieder wirkendes Männlein, das lustlos die Koffer der Familie auf einem Gepäckwagen schob und Sabines Anweisungen folgte.

Ich war schockiert. Diese unfassbare, geheimnisumwitterte Verführerin, die mein Leben gründlich auf den Kopf gestellt hatte, und sich ein Leben mit stinkenden Windeln nie vorstellen konnte, war zu einem biederen Hausmütterchen mutiert. Sie wirkte spießig und reizlos auf mich, und ich fragte mich, wie es möglich war einer solchen Frau zu verfallen?

06.Der offene Kamin

Mit neununddreißig Jahren hatte ich es endlich geschafft, ich konnte mir ein eigenes Haus kaufen! Beim Ausbau des Reihenhauses in der Nähe von Karlsruhe ließ ich einen zweiten Schornstein setzen, denn ich wollte einen offenen Kamin haben, sobald sich mein Konto von all den unerwarteten Kosten beim Hausbau erholt hatte. Kalkuliert waren die Kosten für das Grundstück, die Erschließung, den Hausbau, die Garage, den Gartenausbau mit Zaun und Wegen. Eine zusätzliche Belastung stellten die Rechnungen dar, vom Makler, Notar und schließlich dem hungrigen Finanzamt. Es steckte seine Pfoten mit der Grunderwerbssteuer in die Tasche des kleinen Bauherrn noch ehe etwas vom Haus zu sehen war und brachte sich mit der Mehrwertsteuer bei jeder Handwerkerrechnung erneut in Erinnerung. Schwer nachvollziehbare Bauvorschriften, für uns galt ein Verbot zum Einbau von Dachgauben, und zeitraubende Genehmigungsverfahren, sorgten für weitere Steigerungen der Baukosten und für Verstimmung des Bauherrn. Wenn mehr Wohnraum durch Privatleute geschaffen werden soll, dann sollten Vereinfachungen und Anreize geboten werden und keine künstlichen Hürden aufgestellt werden, dachte ich.

In alten Filmen und Bildern vom Weißen Haus sieht man ein offenes Feuer flackern, das Wärme ausstrahlt, ein ständig wechselndes Schauspiel bietet und eine romantische Stimmung beschert. Unsere Steinzeitvorfahren in ihren Höhlen haben schon am offenen Feuer sich geliebt, gekocht und sich gewärmt und uns damit die Sehnsucht nach dem Schein der Flamme mit in die Gene gelegt. In mir schien dieses Gen besonders ausgeprägt zu sein, es beflügelte meinen Wunsch, den zweiten Winter im neuen Haus vor einem offenen Kamin zu verbringen, obwohl sich mein Konto noch in einem beklagenswerten Zustand befand.

Im Wintersport saßen wir oft vor einem Kamin, der Zug hatte und eine angenehme Wärme ausstrahlte, aber ein schlechter Holzverwerter war. Mehr als achtzig Prozent der im Holz enthaltenen Energie ging zum Schornstein hinaus. Nur wer reichlich Holz vor der Hütte hatte, konnte immer wieder nachlegen. An einem regnerischen Urlaubstag in Spanien hatten wir die unglückliche Idee ein Feuer in dem Kamin zu entfachen, der im Prospekt als Attraktion angepriesen wurde. Die Rauchentwicklung dort verfinsterte die Zimmerbeleuchtung, verursachte Hustenanfälle, Tränen und stinkende Kleidung. Der kleine Querschnitt des Schornsteins stand in einem krassen Missverhältnis zur großen Kaminöffnung. Der Kamin hatte keinen Zug, sorgte aber für ein Räuchern der Gäste, eine Methode, die auch zur Haltbarmachung von Fischen benutzt wurde.

Ich wollte einen Kamin finden, der Zug hatte, daher durfte die Öffnung nicht zu groß sein. Ferner sollte er den Energiegehalt des Holzes nutzen um das Wohnzimmer aufzuheizen und nicht den Schwarzwald. Ich suchte einen Kaminbauer auf, der mir die gängigen Modelle zeigte und sich bereiterklärte, den ausgewählten Bausatz einzubauen. Der gusseiserne Kaminkern hatte eine zusätzliche, seitliche Luftführung und eine feuerfeste, versenkbare Scheibe, die eine Steigerung des Wirkungsgrads ermöglichten. Die Verkleidung des Kamins wollte ich zusammen mit meiner Frau in Eigenleistung errichten. Wir benutzten eine Verkleidung aus ytong-Steinen und Gips, setzten den zugeschnittenen Kaminsims und verklebten die italienischen Travertin-Platten. Am nächsten Tag erfolgte das aufwendige Verfugen und Säubern der Platten. Dann musste die »Feuerstelle« vom Schornsteinfeger begutachtet und abgenommen werden. Er versäumte es nicht, darauf hinzuweisen, dass der zusätzliche Schornstein regelmäßig gefegt werden musste. Als wir endlich unseren Kamin in Betrieb nehmen konnten, saßen wir beide zwar begeistert davor, genossen das Schauspiel des Feuers, aber klagten über Rückenschmerzen von der ungewohnten Arbeit beim Kaminbau in gebeugter Haltung.

In der folgenden Zeit sammelte ich Erfahrungen im Umgang mit dem offenen Feuer. Zunächst testete ich die Möglichkeiten zur Regulierung der Flamme. Bei einem Ofen wird dazu die Rauchrohrklappe gedrosselt. Wer das bei einem offenen Kamin macht, wird geräuchert und muss die Wohnzimmerdecke neu streichen. Zur Verbrennung wird Sauerstoff benötigt, den sich die Flamme aus der Wohnzimmerluft holt. Wenn ich die Kaminscheibe nur schlitzbreit hochschiebe, dann wird die Luftzufuhr vermindert, dachte ich. Doch es irrt der Mensch solange er strebt, denn dieser Schlitz wirkte wie eine Düse und entfachte die Flamme besser als jeder Blasebalg. Nach meiner Erfahrung lässt sich ein offenes Feuer nur über die Menge und Anordnung der Scheite regeln. Werden die Scheite hochgestellt, wie die Stangen eines Indianerzeltes, bildet sich eine große Flamme, wird das Holz gelegt, brennt sie kleiner.

Wer seinen offenen Kamin regelmäßig benutzen möchte, benötigt drei bis fünf Kubikmeter Holz im Jahr. Ein Kubikmeter im Fachhandel kostete knapp Hundert Euro, damit entpuppte sich das Feuergucken zu einer fühlbaren, zusätzlichen Belastung des Haushaltsbudgets. Wer sein Holz selber sammelte und hackte, konnte diese Belastung weitgehend vermeiden und konnte den sportlichen Waldlauf durch Waldarbeit ersetzen. Doch ganz so einfach ging das in deutschen Landen nicht. Zunächst musste eine Lizenz zum Sammeln von Schlagraum beim Forstamt ersteigert werden. Dazu muss der Kaminbesitzer an einer Auktion teilnehmen. Ich erwarb für dreißig Euro die Erlaubnis alles liegende Holz in einem ausgewiesenen Waldstück zu sammeln. Wer jedoch glaubte, er könnte jetzt einfach in den Wald gehen und mit dem Holzsägen beginnen, der hatte die Rechnung ohne den Förster gemacht. Die Regulierungswut und das Sicherheitsdenken der Deutschen machten auch vor dem Wald keinen Halt. Sie verlangten einen Sachkundenachweis für den Umgang mit Kettensägen und die Benutzung einer Sicherheitsausrüstung. Diese bestand aus schnittfesten Hosen und Schuhen und einem Helm mit Gesichts- und Ohrschutz. Das Benutzen dieser Ausrüstung erschien sinnvoll, in Praxis erweist sie sich jedoch als hinderlich.

Die Sicherheitsausrüstung konnte im Fachhandel erworben werden und wer das Saisonende abwartete, konnte mit einem Preisnachlass rechnen. Aufwendiger war der Sachkundenachweis. Dafür war ein kostenpflichtiger, zweitägiger Kurs erforderlich, der über den Umgang mit Kettensägen und ihre Wartung informierte und mit praktischen Übungen im Wald endete. Die Teilnehmer legten Bruchscharniere an, die den zu fällenden Baum in die gewollte Richtung stürzen ließen und erfuhren, dass ein fallender Baum einen weiteren umwerfen kann, und damit der Gefahrenbereich verdoppelt wurde. Der Kaminholzsammler durfte jedoch nur das Holz von gefällten, liegenden Bäumen verwerten. Man fragte sich, ob eine Verpflichtung zum Sachkundenachweis notwendig war oder mehr als Aktionismus der Politiker betrachtet werden musste.

Mit der Sicherheitsausrüstung bekleidet und den Sicherheitshinweisen im Kopf, fuhren meine Frau und ich endlich zu dem ersteigerten Flurstück im Wald, um Kaminholz zu sammeln. Wir hatten erfahren, dass Buchen- und Eichenhölzer ruhig und lange brannten, während Birkenholz zum Anheizen benutzt wurde. Wir Kaminbesitzer interessierten uns vorrangig für diese Hölzer. Die ausgewählten Holzstämme wurden freigesägt und mühsam aus dem Wald zum Anhänger geschleppt. Bevor sie auf Maß geschnitten, gespalten und aufgeladen wurden, legten wir eine Pause ein. Die schrägstehende Sonne schimmerte durch die kahlen Bäume, es roch nach Pilzen, gelegentlich huschte ein aufgeschrecktes Reh vorbei, der Frieden des Waldes übertrug sich auf uns. An manchen Büschen leuchteten rote Beeren und an den Bäumen hingen noch vereinzelt bunte Blätter, die der Wind vergessen hatte. Die körperliche Arbeit machte hungrig und wir verschlangen gierig unsere mitgebrachten Schnitten, wie die Tiere, die hier im Wald hausten.

Nach der Vesperpause entdeckte ich einen vom Sturm umgeknickten Buchenstamm, der sich beim Umfallen in der Astgabelung eines Nachbarbaumes verfangen hatte. Den Umfang des Stammes schätzte ich auf dreißig Zentimeter und seine Länge auf sechs Meter. Für unsere Zwecke erschien er mir gut geeignet, und ich nahm die Kettensäge, um die Knickstelle freizuschneiden. Mit einem bedrohlichen Knirschen rutschte diese Buche aus der Astgabel und krachte mit einem dumpfen Schlag auf den Waldboden, einige Zentimeter neben meiner dort stehenden Frau. Das ging so schnell, dass sie keine Chance zum Ausweichen gehabt hätte. Auf den Schreck hin nahm ich sie in die Arme und dachte: »Auch Waldarbeiter benötigen einen tieffliegenden Schutzengel.«

Das Spalten des Holzes erforderte Geschick und Kraft. Ich stellte das abgelängte Holz auf einen Klotz und versuchte es mit Schwung in der Mitte zu treffen. Meistens gelang mir das, und dann flogen die Hälften beim ersten Schlag im weiten Bogen auseinander. Meine Frau unternahm auch einige Hackversuche, aber sie konnte dem Holz nicht einmal einen Ritz versetzen. Beim Holzhacken fühlte ich den zunehmenden Respekts und die Bewunderung meiner Frau für mich, gepaart mit dem

Wunsch, mögen diese Kräfte nur im Wald eingesetzt werden. Wir Männer lechzen nach weiblicher Bewunderung, so wie der Artist, der nach dem Beifall seiner Zuschauer hungert.

Nach drei Stunden hatten wir unseren Anhänger mit einem Kubikmeter Holz vollgeladen und fuhren nach Hause. Das Kaminholz sollte im Keller gelagert und getrocknet werden, dazu hatte ich eine Rutsche gebaut. Ich fuhr den Anhänger rückwärts an das Kellerfenster heran, warf das Brennholz auf die Rutsche und meine Frau schichtete die in den Keller gerutschten Scheite. Um unseren Jahresbedarf zu decken, mussten noch drei weitere Anhängerladungen in den Keller rutschen lassen. Beim Verbrennen sollte die Restfeuchtigkeit des Holzes unter fünf Prozent liegen, daher forderte eine Vorschrift eine zweijährige Lagerung des Holzes. Was machte derjenige, der nicht über so viel Lagerraum verfügen kann? Für die Überprüfung der Feuchtigkeit kaufte ich mir einen Feuchtigkeitsmesser und stellte fest, dass mein gespaltenes, im trockenen Keller gelagertes Holz, schon nach einem halben Jahr trocken war. Hier erwies sich die geltende Regulierung als übertrieben.

Durch seine Fähigkeit ein Feuer entfachen zu können, erhob sich der Mensch, vor Millionen Jahren, über das Tier, ein Meilenstein in seiner Entwicklung. Wie die Steinzeitmenschen, wollten unsere Kinder selbst ein Feuer anzünden. Wir machten sie auf die Gefahren aufmerksam und nahmen ihnen das Versprechen ab, nur bei Anwesenheit der Eltern zu zündeln. Nach der Einweisung legten die Kinder Anmachholz auf den Anzünder, schichteten kreuzweise einige Holzscheite darüber und entfachten das Feuer schließlich mit einem Stabfeuerzeug. Ihre Versuche nach der Steinzeitmethode mit einem gequirlten Stock Reisig zum Glimmen zu bringen, wurden nach einiger Zeit abgebrochen. Als die Flammen hochschlugen, erschraken sie und rückten respektvoll auf Abstand. Unser Ältester hatte die Idee Würstchen zu grillen, ein Vorschlag, dem sich die Jüngere sofort anschloss. Die armen Würstchen wurden aufgespießt und mit Akribie und Ausdauer ins Feuer gehalten. Es überraschte mich nicht, dass die halb rohen, teilweise verkohlten Grillwürste als die wohlschmeckendsten aller Zeiten betrachtet wurden.

Wir saßen gerne und oft vor dem Kamin, seine langwellige Strahlung ging unter die Haut und gab eine angenehme Wärme ab. Das Flackern des Feuers stellte ein Schauspiel dar, das wir immer wieder beobachten wollten. Das Knistern des Holzes und sein Geruch erzeugten eine wohlige Atmosphäre und ein Gefühl der Geborgenheit, es stellte sich ein innerer Frieden ein. Mit einem Glas Rotwein und einem Buch in der Hand, konnte ich stundenlang vor dem offenen Feuer verbringen. Um Streitgespräche zu deeskalieren, sollte man sich vor eine im Kamin kontrollierte Flamme setzen und sich vor Augen führen, welche Gefahren von einem unkontrollierten Feuer ausgehen. Von den Elementen der Antike: Erde, Wasser, Luft und Feuer hat Friedrich Schiller in seinem

Lied von der Glocke das glühende Element eindrucksvoll
beschrieben:

Wohltätig ist des Feuers Macht
wenn sie der Mensch bezähmt, bewacht
und was er bildet, was er schafft,
das dankt er dieser Himmelskraft;
doch furchtbar wird die Himmelskraft,
wenn sie der Fesseln sich entrafft,
einhertritt auf der eigenen Spur
die freie Tochter der Natur.
Wehe, wenn sie losgelassen,
wachsend ohne Widerstand
durch die volksbelebten Gassen
wälzt den ungeheuren Brand!
Denn die Elemente hassen
das Gebilde von Menschenhand.

Das Vergnügen von einem Kaminfeuer gewärmt zu
werden, musste mit Fleiß erworben werden. Nicht nur
das Beschaffen und Transportieren des Holzes war zu
erledigen, sondern auch das Entsorgen der Asche und das
Reinigen. Wir saßen bei unseren Freunden in England
vor einem offenen Kamin, der weniger Arbeit erforderlich machte. Dort sorgte Gas für ein flackerndes, offenes
Feuer und für Wärme. Ein glühender, feuerfester Einsatz
hatte eine gewisse Ähnlichkeit mit brennenden Holz-
scheiten. Aber es entstand nicht die Atmosphäre wie vor
einem knackenden, duftenden Holzfeuer. Auf mich wirk-

te dieses sterile Spektakel wie ein Hollywood-Film, bei dem man hinter die Kulissen blicken konnte.

Im Laufe der Jahre kann sich in einem Schornstein Glanzruß bilden, so wie sich eine Speckschicht auf dem Bauch ansammeln kann. Er kann durch den Besen des Schornsteinfegers nicht entfernt werden, das haben wir lernen müssen. Am Jahresanfang musste der Weihnachtsbaum entsorgt werden. Die Tannennadeln enthalten Harz, der für ein kurzes aber sehr intensives Feuer sorgt. Wir hatten die Idee den vom Schmuck befreiten Baum zu zerkleinern und zu verbrennen. Da er schon stark nadelte, steckten wir eine Reihe der abgeschnittenen Zweige gleichzeitig in den Kamin. Die Flammen schnellten explosionsartig in die Höhe, ein donnerndes, bedrohliches Geräusch breitete sich aus und ließ mich erschrecken. Ich wollte das feurige Ungeheuer einsperren und zog die feuerfeste Scheibe herunter. Der dabei entstehende, gewaltige Unterdruck im Kamin ließ die Scheibe bald zerspringen. Nach kurzer Zeit klingelten die Nachbarn und machten mich auf die Flammen aufmerksam, die oben aus dem Schornstein loderten. Die Hitze hatte den Glanzruß in Brand gesetzt und mir einen gewaltigen Schreck eingejagt. Mein Schornstein wirkte jetzt wie eine Fackel in der Nacht. Ich überlegte, ob ich die Feuerwehr benachrichtigen sollte.

Manche Probleme im Leben lösen sich ganz von selbst. Schon nach einigen Minuten brach das Feuer in sich zusammen, genauso schnell, wie es hochgeschossen war. Brennende Tannenzweige glühen kupferfarbig auf, erzeugen ein zirpendes Geräusch und sorgen für ein farbenprächtiges Schauspiel. Ich mag das Spektakel der brennenden Tannenzweige, aber künftig werde ich nie mehr als zwei Zweige gleichzeitig verbrennen.

07.Die Geburtstagsfeier

Die Sonne stand schon schräg, alle geladenen Gäste zu Ullrichs fünfzigsten Geburtstag waren eingetroffen und hatten sich im Hof des Weingutes Wegner in Östrich zu unserem Sektempfang versammelt. Ich gab letzte Anweisungen an die Kellner, alles sollte reibungslos ablaufen, und hatte mir für das Fest einen figurbetonten Hosenanzug gekauft, der viel bewundert wurde. Robert ließ es sich nicht nehmen die Laudatio für seinen Vater zu halten:

»Mein lieber Papa Ullrich! Wir feiern heute im Kreis der Familie und mit Freunden deinen fünfzigsten Geburtstag. Einige haben eine weite Anreise auf sich genommen, Onkel Ferdinand kommt aus der Schweiz, dein Bruder Moritz aus Berlin, um an diesem berauschenden Fest teilnehmen zu können. Wir genießen das edle Ambiente des Weinguts und freuen uns, dass du fit, wie ein Turnschuh, geblieben bist. Du hast mir im Leben viel beigebracht: Laufen, Radfahren, Boot- und Autofahren und hast mich auf die Freuden und Gefahren durch die holde Weiblichkeit hingewiesen. Wo es notwendig war, hast du weichenstellend in mein Leben eingegriffen, ohne dominant zu sein. Ich danke Dir und kann mir keinen besseren Vater vorstellen. Mögest du uns lange erhalten bleiben! Lasst uns jetzt auf diesen Helden der Neuzeit die Gläser erheben.«

Es war noch warm, und es wehte ein lauer Wind. Das Essen wurde in einem Party-Zelt im weinumrankten Hof serviert. Als die Gäste platznahmen, stand ein Hummer-Salat bereit, danach mussten die Kellner eilen, um das Filet Wellington möglichst zeitnah servieren zu können. Einige der Gäste hatten sich längere Zeit nicht gesehen und nutzten das Fest, in bester Stimmung, für einen intensiven Meinungsaustausch. Ullrichs Studienfreunde hatten nach dem Essen einen Sketsch vorbereitet, wie man durch die Zeitverschiebung zu den niederländischen Antillen Telefonkosten noch erstattet bekommen könnte. Eine Darbietung, die lustig vorgetragen wurde und viel Beifall erhielt.

Erst als der neue Tag heraufzog, verabschiedeten sich die Gäste und wankten in das nahegelegene Hotel, die Familie übernachtete auf dem Weingut. Ullrich schlief sofort ein. Ich ließ diesen Tag Revue passieren und legte mir meine Aufgaben für den nächsten Tag zurecht. An Schlaf war nicht zu denken, denn neben mir war ein säuselndes, dann ein sägendes Geräusch zu hören, das sich gelegentlich zu einem bedrohlichen Bellen steigerte, als wolle mein Schlafgefährte einen angreifenden Bären von unserer Höhle vertreiben. Erst als ich meine Ohren mit Ohropax versiegelt hatte, konnte ich irgendwann Schlaf finden. Am nächsten Tag war ein gemeinsames Frühstück vorgesehen, danach eine Führung durch den Weinberg mit anschließender Weinprobe.

Als besonderes Ereignis war Roberts Fallschirmabsprung mit Landung auf dem Weinberg vorgesehen, er diente bei einer Fallschirmjägereinheit und hatte uns oft von seinen spektakulären Sprüngen erzählt. Bei den sommerlichen Temperaturen, dem ansteigenden Weg und meinem Schlafdefizit, hatte ich Schwierigkeiten mit Ullrich mitzuhalten, der bestens gelaunt und ausgeschlafen vor mir marschierte. Meine Gedanken kreisten um meinen Sohn, der jetzt im Flugzeug saß und bald über uns abspringen würde. Robert wollte seinem Vater imponieren, er sollte stolz auf seinen Sohn sein. Bei Müttern lösen diese Spektakel eher Unbehagen aus. Plötzlich konnte ich es hören, das Brummen eines Flugzeuges. Es flog hoch über dem Weinberg, zog einen Kreis über uns, und bald konnte man den sich öffnenden Fallschirm erkennen. Wir hatten uns im Halbkreis auf der Weinbergkuppe aufgestellt und beobachteten, gegen die Sonne, den größer werdenden Fallschirm mit seiner schwingenden Fracht. Mir war bekannt, dass durch Betätigen von Klappen die Flugrichtung des Fallschirms beeinflusst werden konnte, soweit der Wind dies zuließ. Ich hatte den Eindruck, Robert versuchte mit aller Kraft die Kuppe zu erreichen, aber es wurde knapp. Der stolze Fallschirmjäger landete auf dem Dach der kleinen Bergkapelle. Er verfing sich in der Wetterfahne und sein Fallschirm flatterte hilflos im Wind. Ein Raunen ging durch die Zuschauer, und wir zogen mit vereinten Kräften den Verunglückten vom Dach und befreiten ihn von seinem Fallschirm.

»Gut, dass die Kapellendächer robust sind und nicht bei jedem Fallschirmspringer einbrechen«, kommentierte Robert lächelnd seine missglückte Landung. Er wirkte unverletzt, dann sah ich am Bein eine Blutspur. Die Verletzung schien harmlos, aber ich hielt es für besser ihn im

Krankenhaus behandeln zu lassen. Ullrich fuhr unseren Sohn ins Krankenhaus und wollte die Behandlung abwarten, um ihn wieder mit nach Hause zu bringen. Der diensthabende Arzt war Dr. Kiefer, ein guter Freund der Familie. Er rief mich an, dass er Ullrich zur Seite genommen hatte und gefragt, ob er wusste, dass er nicht der leibliche Vater von Robert ist.

»Da wird deine Laborantin wohl die Röhrchen verwechselt haben, das halte ich für völlig ausgeschlossen«, hatte Ullrich erwidert.

»Robert hatte Blut verloren und wir mussten eine Blutinfusion vornehmen, dabei wird sein Blut gründlich untersucht. Ich kann dir versichern, dass kein Zweifel besteht: Ullrich kann nicht der leibliche Vater sein. Er hatte Mumps als Kinderkrankheit, was bei ihm Unfruchtbarkeit ausgelöst hat.«

»Ich weiß, dass Ullrich keine Kinder zeugen kann«, unterbrach ich Dr. Kiefer, »daher musste ich eine andere Lösung finden, um ihm einen Sohn zu schenken, den er sehnlichst wünschte, ohne ihn als unfruchtbar zu brandmarken. Ich wollte meine Ehe retten. Ich musste auf einem Vulkan tanzen, ohne mich vom Abgrund verschlingen zu lassen, und ich bereue es nicht.«

Als mein Mann vom Krankenhaus zurückkam, zog er mich energisch von unseren Gästen weg, berichtete mir von seinem Gespräch mit Dr. Kiefer und fragte erregt: »Ist Robert mein Sohn?«

»Natürlich ist er dein Sohn, du hast ihn geprägt und aufgezogen, er verehrt dich als Vater, nur deine Gene kann er nicht haben, weil du zeugungsunfähig bist. Da helfen keine Gebete und keine Homöopathie.«

»Und wie bist du schwanger geworden, hat ein Wodu-Zauberer seinen Fetisch über dir ausgebreitet?«, forschte er lautstark nach. Man merkte, dass er sich so etwas nicht vorstellen wollte.

»Der Erfolg des Wodu-Zauberers schien mir zu unsicher, ich bevorzugte eine pragmatische Lösung, ohne die Krankenkasse dafür in Anspruch zu nehmen. Ich wählte mir einen Mann nach genetischen Gesichtspunkten aus, er sollte sportlich sein, gut aussehen, über Intelligenz verfügen und von freundlichem Wesen sein. Du kennst den Auserwählten, er war Mitarbeiter in unserer alten Firma. Wir verbrachten ein fruchtbares Wochenende zusammen, und als der Erfolg meiner Bemühungen bestätigt wurde, habe ich mich von diesem verdienstvollen Retter verabschiedet. Er war betrübt, mein Herz ist dabei nicht gebrochen.«

»Du hast diesen Mann missbraucht, oder hast du ihn geliebt?«

»Ich kannte ihn kaum, von Liebe konnte nicht die Rede sein. Ein Mann ist leicht für Sex zu gewinnen. Missbrauch kann ich nicht erkennen, ich hatte mich des edlen Ritters bedient, um deinem Kinderwusch entsprechen zu können, nicht um meine Lust zu stillen. Bei dem Schöpfungsakt habe ich zwar an dich gedacht, aber ich will nicht verheimlichen, dass wir uns auch mit Neugierde und Lust begegnet sind.«

Ullrich saß auf einer Bank gekauert und stützte seinen Kopf auf beide Hände, gelegentlich klopfte eine Hand gegen seinen Schädel, als wolle er die neue Situation hineintrommeln: »Wollte dein edler Ritter eine Vaterrolle übernehmen?«

»Ich versicherte ihm, dass ich, als verheiratete Frau, mich um die Verhütung kümmere, das glauben Männer gerne, weil es bequem ist.«

»Auch wenn der Erzeuger unwissend ist, so hat unser Sohn einen Anspruch auf Alimente. Ein Kind benötigt regelmäßig neue Schuhe, und der Kindergarten ist auch nicht umsonst, da kommt im Laufe der Jahre ein kleines Häuschen zusammen.«

Wie ein trotziges Kind lehnte er sich zurück und sah mich erwartungsvoll an, und ich antwortete: »Wir sollten Robert über seine Entstehung aufklären, ein Kind hat darauf einen Anspruch. Schon der Gedanke an die Berechnung von Alimenten scheint mir total deplatziert und kleinkrämerisch.«

Unser Sohn nahm seine veränderte Entstehungsgeschichte mit erstaunlicher Gelassenheit zur Kenntnis und bemerkte: »Du wirst immer mein Vater bleiben, wir sind in den Jahren zusammengewachsen, auf deine Gene kann ich verzichten. Meinen Erzeuger kenne ich noch nicht, aber er wird nie mein Vater werden.«

Er begann intensiv im Internet nach seinen Wurzeln und allen Spuren des Herkules Scharf zu suchen und wurde fündig. Süffisant trug er das Ergebnis seiner Nachforschungen vor: »Professor Dr. Scharf ist Leiter einer Expedition und befindet sich derzeit auf dem deutschen Forschungsschiff: Wintergrün. Ziel seiner Forschungsreise ist der Anbau von Gemüse unter arktischen Bedingungen, die UNO und die Raumfahrtbehörde finanzieren das Projekt. Es ist ihm in diesem Jahr gelungen zwei Tonnen Tomaten und drei Tonnen Gurken zu erzeugen, die Kohlernte sei noch nicht abgeschlossen. Ich muss feststellen, dass mein Samenspender ein tüchtiges Kerlchen ist. Das Eintreiben von Alimenten würde in der Arktis besonders aufwendig sein, und es ist davon abzuraten. Die Rückkehr der Wintergrün nach Hamburg wird am zwanzigsten April des nächsten Jahres erwartet.«

Wir schmunzelten über seinen Bericht, und ich bot an: »Wenn du möchtest, werde ich mich mit Herkules nach seiner Rückkehr in Verbindung setzen und ihn zu uns einladen. Dann kannst du deinen leiblichen Vater kennenlernen. Ob der Herr Professor interessiert ist uns kennenzulernen und zu welchem Menschen er sich entwickelt hat, kann ich nicht vorhersagen. Ich habe zu ihm seit zwanzig Jahren keinen Kontakt mehr.«

»Ich würde gerne diesem edlen Ritter unter die Rüstung sehen, der vor zwanzig Jahren bei einer heiklen Mission so fruchtbar mitgewirkt hat.«

Ullrich richtete sich auf und rief: »Ich würde ihn auch gern treffen, um ihm einen Kinnhaken zu versetzen, weil er sich an meine Frau rangemacht hat, aber ihm auch danken, weil er mir einen großartigen Sohn beschert hat.«

Im April griff ich zum Telefon und erreichte, nach einigen Fehlversuchen, den Herrn Professor Dr. Herkules Scharf, der sich noch sehr lebhaft an unsere Begegnung vor zwanzig Jahren erinnern konnte und angenehm überrascht war von mir zu hören. Ich klärte ihn mit wenigen Worten darüber auf, dass aus unserer Begegnung ein Sohn hervorgegangen sei, der nun seinen leiblichen Vater kennenlernen wolle. Auf der einen Seite war das Gespräch mit ihm peinlich, auf der anderen Seite merkte ich, dass der alternde und ungebundene Forscher den Gedanken erbaulich fand, unerwartet einen Sohn zu haben. Wir vereinbarten ein Treffen zu viert in dem Hotel, in dem er untergebracht war. Als wir eintrafen, saß Herkules in der Hotel-Lobby bei einem Tee und war in die Statistik über seine Kohlernte in der Arktis vertieft.
»Hallo Herkules«, ging ich auf ihn zu, »wie geht es dir? Ich freue mich über unser Treffen und möchte dir meinen Ehemann und meinen Sohn vorstellen.« Ullrich und Robert kamen hinzu, drückten ihn vorsichtig die Hand, und wir setzten uns neben den Polarforscher. Der Professor war schlank geblieben, wirkte neben meinem Mann alt und tollpatschig. Er raffte umständlich seine Statistiken zusammen und bestellte geistesabwesend Getränke für uns.

»War deine Forschungsreise ein Erfolg?«, versuchte ich eine Konversation in Gang zu bringen.

»Ja, es ist uns gelungen größere Mengen Gemüse anzubauen. Wir haben dazu ein Gewächshaus mit zehn Etagen in der Arktis errichtet, das überwiegend mit Solarenergie betrieben wird. Die Pflanzen gedeihen vorzüglich in unserer Nährlösung, nur liegen die Produktionskosten noch vierzehn Prozent über denen auf deutschen Feldern...«

»Ich stelle es mir sehr einsam vor, wenn man sechs Monate auf einen Forschungsschiff in der Arktis unterwegs ist«, unterbrach ihn mein Sohn, »fehlen da nicht Freunde oder kulturelle Veranstaltungen?«

»Ich habe keine Familie und nur wenige Freunde. Die Forschung ist mein Leben. Der Natur ihre Geheimnisse zu entlocken, das bereitet mir Freude.«

»Ich hatte als Kind Mumps, eine Krankheit, die bei mir zur Unfruchtbarkeit führte«, schaltete sich Ullrich ein, »Rebeccas Kontakt zu Ihnen sollte im Zusammenhang mit unserem Kinderwunsch gesehen werden.«

»Als ich das Wochenende mit Rebecca verbrachte, hoffte ich ihr zu gefallen, es war nicht meine Absicht Vater zu werden. Wenn ich mir jedoch diesen prächtigen, jungen Mann ansehe, in dem meine Gene fortleben, bin ich stolz auf meine Urheberschaft.« Er ging auf Robert zu und umarmte ihn so heftig, dass beide fast umgefallen wären.

Nach diesem entspannten Treffen luden wir Herkules zu uns ein. Er schloss Freundschaft mit Ullrich und bemühte sich Robert für seine Forschung zu begeistern, und er konnte ihn zu einem Studium der Lebensmittelchemie bewegen. Der unfreiwillige Vater wurde ein gern gesehener Gast in unserem Haus, und, Überraschung, im nächsten Jahr entstand in unserem Garten ein mehrstöckiges Gewächshaus.

08.Meine ältere Partnerin

Die Opernpremiere war schon seit Monaten ausverkauft, und ich ging ohne Karte zur Vorstellung, in der Hoffnung eine zurückgegebene Karte zu ergattern. Im Kassenbereich sah ich sie, wie ein Fels in der Brandung der vielen Besucher, strahlte eine ältere Dame mich an, die ersehnte Karte schwenkend. Ich kaufte sie ihr freudig ab, und die aparte Opernbesucherin wechselte meinen Geldschein mit der Bemerkung: »Sie haben den Platz an meiner Seite erworben, der ist gewöhnungsbedürftig. Ich muss bei Opernaufführungen oft heulen, hoffentlich stört sie das nicht.«

»Ich werde ihnen ein Taschentuch leihen und es regelmäßig auswringen«, spöttelte ich, und wir gingen gemeinsam zu unseren Plätzen. Sie setzte einen Fuß vor den anderen, als würde sie auf einer Linie laufen, verschob bei jedem Schritt leicht ihr Becken und hielt den Körper aufrecht, wie eine Kerze. Ihr Gang und ihre Figur erinnerten mich an ein Mannequin. Sie erzählte von ihrer Kollegin, mit der sie gemeinsam diese Opernpremiere erleben wollte, die jedoch kurzfristig eine Geschäftsreise nach Singapur antreten musste. Sie selbst müsse auch gelegentlich Termine im Ausland wahrnehmen. Wir tauschten einige Höflichkeiten aus und erreichten unsere Plätze im ersten Rang. Ich klappte ihren Sitz herunter, wir nahmen Platz, und ich musterte sie von der Seite, während meine Zufallsbegleiterin sich mit dem Programmheft beschäftigte und wenig Interesse an einer

Fortführung unseres Gesprächs zeigte. Ich schätzte ihr Alter auf Anfang vierzig, ihre Gesichtshaut war glatt und braungebrannt, und sie hatte ausdrucksstarke, dunkle Augen. Die Lippen waren voll und dezent geschminkt, nur an den Mundwinkeln konnte man Fältchen entdecken. Der Hauch ihres Parfüms, den ich wahrnehmen konnte, stimulierte mich. Sie war keine Schönheit, aber eine aparte und sympathische Frau mit einem etwas zu langen Hals. Ihre Haltung und eloquente Ausdrucksweise ließen eine gestandene, selbstsichere Persönlichkeit vermuten, zu der die angekündigten Tränen nicht passten. Trotzdem konnte ich beobachten, wie das Sensibelchen bei den romantischen, eigentlich trivialen Stellen der Opernhandlung, ihre feucht gewordenen Augen mit ihrem Taschentuch betupfte.

In der Pause lud ich sie zu einem Glas Sekt ein: »Die Sopranistin schwingt sich mühelos zu den höchsten Tönen auf, die glockenrein, wie ein Gebet klingen. Der Tenor hat in seiner Stimme ein Timbre, das eine Gänsehaut erzeugt, und beim Abgang war ihm noch ein Crescendo möglich. Ich bin begeistert von der gesanglichen Leistung und der Aufführung«, sprudelte es aus ihr heraus.

Auch ich war vom ersten Teil der Premiere begeistert, und wir unterhielten uns angeregt über Besonderheiten der Inszenierung. Diese selbstsichere und auch sensible Frau faszinierte mich zunehmend. Bei vielen Beobachtungen waren wir einer Meinung, das wirkte verbindend. Manchmal flocht sie eine typisch weibliche Betrachtung ein, die ich so nicht gesehen hatte und mich verblüffte.

Ihre Begeisterung verzauberte mich, ihre Stimme und ihre Bewegungen stimulierten den beschwingten Studenten in mir. Ich wurde neugierig in ihre Welt einzutauchen, die man erahnen konnte und die vom Berufsleben gekennzeichnet war. Meine Welt an der Uni war von Theorien und Lerninhalten geprägt. Ich wollte diese anziehende, geheimnisvolle Frau unbedingt wiedersehen und hatte Sorge, sie könnte an mir, einem jungen, unfertigen Mann, nicht interessiert sein. Eine Einladung in einen Gourmet-Tempel ließ mein karges Budget nicht zu, also schlug ich ihr vor, gemeinsam zu einer Lesung von Martin Walser zu gehen, die für die nächste Woche in unserer Universität angekündigt war. Sie stimmte sofort zu: »Hoffentlich ahnt Herr Walser nicht, dass Vera Sonnenberg sein berühmtes Buch nicht gelesen hat«, spöttelte sie und verriet mir dabei ihren Namen.

»Joachim Schubert ist ein begeisterter Walser-Anhänger und hat fast alle seine Bücher gelesen«, revanchierte ich mich und nannte auch ihr meinen Namen.

Zurückgekehrt in meine Studentenbude, ließ ich diesen unvergesslichen Abend noch einmal Revue passieren und ihren Zauber in mir nachklingen, wie fernes Glockenläuten. Die Zeit bis zu unserem Wiedersehen kam mir endlos lang vor. Ich musste oft an meine Opernbegleiterin denken und malte mir unser Treffen in allen Varianten aus. Martin Walsers Buch las ich erneut und bereitete eine Einführung in sein Werk für meinen herbeigesehnten Gast vor.

Ich erwartete Vera im Eingangsbereich der Uni, war aufgeregt und sicherheitshalber eine viertel Stunde früher da. Sie kam zwanzig Minuten nach der vereinbarten Zeit, trug ein gestreiftes Kostüm und hochhackige Schuhe, diese Aufmachung wurde hier auf dem Campus als aufgedonnert empfunden. Wir mussten uns beeilen, für meine vorbreitete Einführung war keine Zeit mehr. Die Zuhörer strömten zu der Lesung, und wir konnten nur mühsam noch einen Stehplatz bekommen. Für Vera war es die erste Autorenlesung. Sie war angetan, konnte sich gut in die Handlung hinein versetzen und erkannte in einem der Protagonisten eine Ähnlichkeit mit dem eigenen Vater. Begeistert erwarb sie ein Buch und stellte sich geduldig in die Schlange, um ein Autogramm zu erhalten.

Nach der Walser-Lesung lud mich die stolze Besitzerin seines signierten Buches zu einem Essen in ihr Lieblingslokal ein, das auch mein Lieblingslokal wäre, wenn ich mir den Besuch dort leisten könnte. Ich fühlte mich, wie Alice im Wunderland, bewunderte das romantische Ambiente, mit Blick auf den See, das Feuer im offenen Kamin und die Blattpflanzen, welche die aufwendig eingedeckten Tische voneinander trennten. Wir wurden an unseren Platz begleitet, man hielt uns vermutlich für Mutter und Sohn. Zwei Ober rückten dezent die Stühle beim Setzen heran, und es wurden noch vor der Bestellung Gaumenfreuden auf Kosten des Hauses gereicht. Die Speisen wurden, weil alles frisch zubereitet werden musste, erst nach einer Wartezeit unter einer silbernen Glocke serviert. Bei meinem Zurücklehnen eilte sofort ein Ober herbei, um einen Wunsch entgegenzunehmen, selbst wenn diese Bewegung nur der Entspannung diente. Die bestellte Flasche Wein wurde am Tisch geöffnet, und ich sollte ihn verkosten, obgleich ich wenig Ahnung von teuren Weinen hatte. Beim ersten Glas Wein vereinbarten wir uns zu duzen, dabei schenkte mir Vera mit ihrem unwiderstehlichen Lächeln einen Wangenkuss, der in mir ein wohliges Kribbeln auslöste. Ich nahm mir vor diese Stelle in den nächsten Tagen nicht zu waschen. Sie berichtete von ihrer Tätigkeit bei einer Bank, die in der Beratung zu Anlagemöglichkeiten von Kunden rund um den Globus bestand und von den fremden Ländern, in die ihre Reisen führten. Sie verstand es, ihre witzigen Reiseberichte mit Anekdoten und Pannen zu garnieren, die mich amüsierten und beeindruckten. Meine Erzählung von dem Studium der Betriebswirtschaftslehre, meinen bevorstehenden Klausuren und meiner Sommerreise an die Ostsee wirkte vergleichsweise blass. Nach dem hervorragenden Menü wurden feucht-heiße Tücher gereicht, um, wie Vera witzelte, die Tränen zu trocknen, beim Anblick der Rechnung. Ihre Art, insbesondere ihren Humor, mochte ich sehr.

Ich wollte diesen Abend noch nicht beenden und schlug vor, in eine Disco zu gehen. Sie zeigte dafür wenig Begeisterung und lud mich, ohne Umschweife, in ihre Wohnung ein. Der verunsicherte, zweiundzwanzigjährige Student stieg in den Sportwagen der gestandenen Lady, angefüllt mit Neugierde und überflügelt von Abenteuerlust. Das Ambiente ihres Appartements im zwanzigsten

Stock erinnerte mich an den Gourmettempel, auch hier konnte man den See erkennen, und ein offener Kamin zierte das Wohnzimmer.

Wir küssten uns leidenschaftlich, wechselten vom Wohn- ins Schlafzimmer und verbrachten eine schicksalshafte Nacht zusammen. Nie in meinem Leben hatte ich eine solche Nähe zu einer Frau und so viel Erfüllung erlebt, als seien wir eins geworden, seien miteinander verschmolzen und seien nicht mehr voneinander zu trennen. Wie zwei Flüsse, die ineinander flossen, sich innig verwirbelten und als ein gewaltiger Strom dem Meer und der Unendlichkeit zustrebten. Der kindische Wunsch wuchs in mir, dieser Zustand möge ewig andauern. Ich konnte mir nicht vorstellen, jemals mit einer anderen Frau zusammen zu sein. Ich zog Vera fest an mich, als könnte sie mir sonst entgleiten. Sie kuschelte sich an, als hätte sie ihren Platz im Paradies gefunden.

In der folgenden Zeit trafen wir uns regelmäßig, besuchten Theater- und Kinovorstellungen, kochten gemeinsam und gingen Schwimmen. Unsere Treffen waren durch Leidenschaft, Innigkeit und eine Harmonie getragen, die ich vorher nicht gekannte. Die Wohnung im zwanzigsten Stock wurde mir zur zweiten Heimat. Gelegentlich nahm mich Vera heimlich auf eine Geschäftsreise mit. Wir übernachteten in Hotels, in denen die Kosten für eine Nacht mein Budget für den ganzen Monat überstiegen. Ich musste mich dabei vor ihren Kollegen versteckt halten und hatte das Gefühl, auf einem Maskenball in Venedig zu sein und an einer maßlosen Verschwendung teilzuhaben.

An einem Wochenende gesellte sich Veras Tochter Dagmar zu uns, die eine Ausbildung als Fremdsprachen Korrespondentin in London begonnen hatte. Sie war neunzehn Jahre jung, etwas pummelig, nestelte unablässig an ihrem Smartphone und trug eine große, dunkelrandige Brille, die ihr einen gouvernantenhaften Gesichtsausdruck verlieh. Als sie mich betrachtete, fühlte ich mich wie ein Angeklagter, der vom Staatsanwalt fixiert wird. »Soll ich deinen Liebhaber, der in meinem Alter ist, mit Papa anreden?«, fragte sie zynisch.

Mir war bewusst, dass ich mit der Tochter einen Konsens finden musste, um meine Beziehung zu Vera nicht zu gefährden: »Liebe Dagmar, du befindest dich in einer Lebensphase, in der man sich von den Eltern löst. Du benötigst keinen Ersatzvater, und ich würde diese Rolle nie spielen wollen. Ich liebe Vera, eine innige und aufrichtige Liebe, die über jedes Alter erhaben ist. Wir ergänzen uns und tun uns gegenseitig gut, aber du wirst immer der wichtigste Mensch für deine Mutter bleiben.«

Die angehende Fremdsprachen Korrespondentin verzog ihr Gesicht und sah kurz von ihrem Smartphone auf: »Ich habe Zweifel, ob in unserem Freundeskreis eure Beziehung losgelöst vom Alter betrachtet werden kann. Ich habe jedenfalls damit ein Problem, Vera könnte deine Mutter sein.«

»Wenn ein Mann deutlich älter ist als seine Frau, wird das in unserer Gesellschaft bedenkenlos akzeptiert«, versuchte Vera Verständnis bei ihrer Tochter zu gewinnen. Alle unsere Bemühen, Einsicht bei ihr zu erzeugen, blieb ohne Erfolg. Es breitete sich ein wallender Schleier der Verunsicherung aus, als Dagmar abreiste.

Ich intensivierte meine Anstrengungen beim Studium, denn ich wollte schnell in das Berufsleben einsteigen und unabhängig sein. Vera begleitete mich auf dem Semesterabschlussball, auf dem ich ihr meine Kommilitonen vorstellte: »Deine Oma hat noch ordentlich Pepp«, raunte mir einer zu, als er Vera von der Tanzfläche zurück begleitete. Sie fühlte sich sichtbar unwohl im Kreis der jungen Studenten, die über Klausuren und Bafög sprachen, sowie über Rapper-Musik und Actionfilme, Themen zu denen die weit gereiste Managerin wenig beitragen konnte. Wir verließen den Ball vorzeitig.

Die Bank, für die Vera arbeitete, wollte die Position des Leiters Süd-Ost-Asien neu besetzen, und sie war die aussichtsreichste Bewerberin. Der Vorstand hielt sie für die fachlich beste Führungskraft, ihre Erfolge bei der Kundengewinnung waren beeindruckend, und man wollte sich, vor der Beförderung, ein Bild über ihr familiäres Umfeld verschaffen. Vera wurde mit ihrem Lebenspartner zu einem Dinner in die Villa des Vorstandes eingeladen. Der Vorstandsvorsitzende Herr Kneisel saß uns gegenüber am Tisch. Wir sprachen über die Weltwirtschaft, die Bankenkrise und dann über meine berufliche Tätigkeit. Als ich von meiner Abschlussprüfung an der

Uni berichtete, zog Herr Kneisel die Augenbrauen hoch und tuschelte mit seinen Vorstandskollegen. Später erfuhr ich, dass Veras Beförderung zurückgestellt wurde. Man befürchtete die konservativen Bankkunden könnten Anstoß an ihrer Liaison mit einem Jüngling nehmen.

Mir stand Vera nah, wie seit jeher, und ich wollte mir keine andere Partnerin vorstellen, aber ein eisiger Wind von gesellschaftlichen Konventionen und Erwartungen umwehte unser zerbrechliches Nest. Sie versuchte es zu verstecken, aber ich spürte bei meiner Geliebten eine wachsende Verunsicherung. Es waren nur Kleinigkeiten, die ich an ihrem Verhalten beobachten konnte. Wir mieden ihr Lieblingsrestaurant, weil ihr dort Kollegen begegnen könnten, und auf Geschäftsreisen nahm sie mich nicht mehr mit. In den Telefonaten mit Dagmar blieb mein Name unerwähnt. Ich fühlte mich, wie ein behindertes Kind, das zwar geliebt, aber nicht gerne gezeigt wurde. Mein Gefühl wurde auf schmerzliche Weise bei der Feier zu Veras fünfundvierzigsten Geburtstag bestätigt. Sie stellte mich ihrer Mutter und den Kollegen als »guten, alten Bekannten« vor, nicht als ihren Lebenspartner. Sie wollte sich nicht zu mir bekennen und behandelte mich an diesem Abend distanziert, als hätte meine geliebte Partnerin einen Schalter umgelegt, der jede Emotion abriegelt. Ich war vor den Kopf gestoßen und verließ die Geburtstagsfeier fluchtartig.

In dem Bistro, das mir aus der Studentenzeit vertraut war, bestellte ich einen doppelten Cognac und starrte stumpfsinnig vor mich hin. Ich versuchte das Erlittene zu verarbeiten. Plötzlich spürte ich eine Hand auf meiner Schulter: »Hallo Joachim, das ist ja eine freudige Überraschung«, sprach eine weibliche Stimme, die mir bekannt vorkam. Als ich aufblickte, erkannte ich Helga, die ich auf einem Tanzkurs kennengelernt hatte. Sie sah gut aus und damals hätte ich diese Tänzerin gern besser kennengelernt, aber sie hatte einen festen Freund und wollte von mir nichts wissen. Heute wirkte sie auf mich offen, wie ein Scheunentor, gut gelaunt, wie eine Fernsehmoderatorin und interessiert an ihrem Tanzpartner aus vergangener Zeit: »Du wirkst bedrückt, was kann ich tun, um dich aufzuheitern?«, sie prostete mir zu und sah mir verführerisch in die Augen. Es bestätigte sich mein Eindruck, dass ein Mann für eine Frau besonders anziehend wirkt, wenn er sich nicht um sie bemüht.

»Ich habe die Frau meines Lebens verloren und versuche das irgendwie zu verkraften. Ich bin heute kein guter Gesellschafter.«

»Das kommt vor und tut weh, aber andere Mütter haben auch schöne Töchter, du musst sie nur entdecken«, antwortete sie und ihre Hand wechselte von der Schulter auf meinen Schenkel.

»Mir ist heute nicht nach Entdeckungen zumute«, bemerkte ich und trank zum Wein einen weiteren Cognac. Mir war plötzlich alles gleichgültig, der Bartresen wurde unscharf, das Stimmengewirr in der Bar klang wie aus dem Jenseits, mein Bauch schmerzte, und ich war zu schlapp mich gegen Helgas Eroberungsversuche zu wehren. Mein zielstrebiges Gegenüber bezahlte die Rechnung und zog mich in ein Auto. In ihrer Wohnung legte sie mich auf ihr Bett und zog mir die Schuhe und die Hose aus. Ich sah ihre schönen, runden Brüste über mir, spürte ihren weit geöffneten Schoß und wollte mich jetzt nicht mehr wehren. Erschöpft versank ich in die Welt der Träume. Als ich erwachte, war meine Verzweiflung verblasst und in die Ferne gerückt. Ich hörte Helga in der Küche hantieren, dabei trällerte sie ein Liedchen. Das Frühstück nahmen wir im Bett ein. Ihre Hand forschte unter der Bettdecke. Sie bewirkte, dass das, was sie dort entdeckt hatte, groß wurde und erneut zu ihr wollte.

Nach dem Abschluss meines Studiums hatte ich eine Tätigkeit bei einer Firma angenommen, die horizontale Bohrmaschinen, zur Verlegung von Leitungen, herstellte. Ich wollte Abstand zu Vera gewinnen, und es kam mir sehr gelegen, dass ich für meinen Arbeitgeber eine längere Geschäftsreise nach Mexiko antreten musste. Die nach Mexiko gelieferte Bohrmaschine war auf einem Lastwagen montiert und wurde auf unterschiedlichen Großbaustellen eingesetzt. Meine Aufgabe bestand darin, diese Maschine am Laufen zu halten. Abgebrochene Bohrstangen und Maschinenteile waren zu ersetzen und das mexikanische Personal musste eingewiesen werden. Diese gut bezahlte Tätigkeit zog sich oft bis tief in die Nacht hin und erforderte meine volle Aufmerksamkeit. Auf den staubigen Baustellen musste ich die Hitze ertragen, und ein Chaos verwalten, das durch meine bescheidenen Spanischkenntnisse noch erschwert wurde. Ich musste oft an

Vera denken, und an einem Sonntag überwältigte mich die Sehnsucht, ich wählte ihre Nummer, wohlwissend, dass es aufgrund der Zeitverschiebung in Deutschland tiefe Nacht war. Aus dem Telefon war nur ein nervendes Tut-tut zu hören, ihre magische Stimme blieb stumm. Auch bei weiteren Kontaktversuchen konnte ich sie nicht erreichen.

Als ich nach einem halben Jahr nach Deutschland zurückkehrte, erwarteten mich zwei Überraschungen. Vera war zur Leiterin Süd-Ost-Asien ernannt worden, arbeitete jetzt in Singapur und lebte dort mit einem Kollegen zusammen. Helga war im sechsten Monat schwanger und erwartete ein Mädchen, das seine Entstehung der einen gemeinsam in ihrer Wohnung verbrachten Nacht verdankte. Die angehende Mutter empfing mich wie einen heimkehrenden Frontsoldaten, der, sehnlich erwartet, nun endlich zurückgekommen war. Ich hatte wenig Neigung eine Vaterrolle zu übernehmen, wollte mich jedoch meiner Verantwortung stellen. Wir mieteten ein Reihenhaus in der Nähe meines Arbeitsplatzes und zogen zusammen dort ein. Unserer Tochter gaben wir den Namen Claudia. Ich schätzte Helga, sie war eine gute Mutter, die sich auch liebevoll um ihren Partner bemühte. Wir meisterten locker unseren Alltag, und wenn ich von einer meiner zahlreichen Geschäftsreisen heimkehrte, freute ich mich auf ein Wiedersehen mit ihr. Dennoch, Helga war nur die Liebe aus zweiter Hand, meine heimliche Sehnsucht galt

Vera, die eine unauslöschliche Spur in mir hinterlassen hatte.

Beruflich war ich erfolgreich. Ich durfte jetzt Bussieness-Clas fliegen und die VIP-Lounge benutzen. Ich hatte das Gefühl, diese entbehrlichen Einrichtungen dienten dazu, den Wohlstand einer Person nach außen hin sichtbar zu machen, die menschliche Eitelkeit auszunutzen, um den Gewinn der Fluggesellschaft zu steigern. Auf einem Zwischenstopp in Hongkong erwartete mich eine Überraschung. Zunächst sah ich nur den Teil eines weiblichen Kopfes, dunkle, Augen und volle Lippen. Ich streckte mich in die Höhe und erkannte sie. Vera saß in der VIP-Lounge und blätterte lustlos in einem Modejournal und ein Strahlen kam über ihr Gesicht, als sie mich sah. Ich setzte mich zu ihr, sie war mir vertraut, als hätte ich sie gestern zum letzten Mal gesehen. Wir warteten gemeinsam auf unser verspätetes Flugzeug nach Singapur. Sie erzählte mir von ihrer gescheiterten Beziehung zu dem Kollegen und ihrer Sehnsucht nach einer Begegnung mit mir. Reumütig gestand Vera, dass sie ihre Unsicherheit und ihr distanziertes Verhalten mir gegenüber auf der Geburtstagsfeier tief bedauerte. Ich berichtete von meiner nicht geplanten, drei Jahre alten Tochter Claudia, meiner Freundin Helga und dem gemeinsam bewohnten Haus. Vera hörte mir aufmerksam zu, stützte ihren Arm auf das Knie, legte den Kopf darauf, eine Geste, die immer wiederkehrte, wenn sie nachdenklich wurde und die mir bestens vertraut war.

Meine wiedergefundene Traumfrau lud mich in ihre Wohnung in Singapur ein. Ich stornierte mein, von der Firma bezahltes, Hotel und sagte ein geplantes Geschäftsessen ab. Wir wurden im Flugzeug ohnehin reichlich mit edlen Speisen verwöhnt, die man zwar genießen konnte, aber mit zunehmendem Körpergewicht bestraft wurden.

Die Nacht, die ich in Veras Armen in Singapur verbringen durfte, knüpfte an unsere schicksalhafte, erste Begegnung an. Nähe, Vertrautheit und Erfüllung überströmten mich und ließen alle anderen Begegnungen verblassen. Ich schwebte wohlig auf einer Wolke und vertraute auf ihre Tragfähigkeit, wie ein Pilot auf den Aufwind unter den Flugzeugflügeln. Vera schien genau so tief zu empfinden wie ich und fragte: »Wollen wir heiraten?«

In diesem Jahr feierten wir nicht nur die Konfirmation meiner Tochter, sondern auch unseren zehnten Hochzeitstag und sonnten uns in einer harmonischen Beziehung, die dem eisigen Wind der Konvention trotzte. Viele meiner ehemaligen Kommilitonen waren inzwischen geschieden, einige sogar zwei Mal.

09. Der unbeugsame Aussteiger

Karsten schlenderte übermütig vor mir her und schwenkte seine Einkaufstasche im Kreis, er war mit seinem Einkauf zufrieden, und Vaters Brieftasche war erleichtert. Mein Sohn grüßte beflissen die drei entgegenkommenden Passanten als die Brücke, die wir gerade überquerten, ein knirschendes Geräusch erzeugte. Vor uns bildete sich ein gewaltiger Riss, und wir rutschten mit der einstürzenden Brücke unter donnerndem Getöse in die Tiefe. Dabei wurden alle getötet, die sich auf der Brücke befanden, nur ich überlebte schwer verletzt. Ich musste einige Zeit im Koma gelegen haben, als ich erwachte, berichtete man mir von den Feierlichkeiten zu Karstens Beerdigung.

Am nächsten Tag besuchte mich Doris im Krankenhaus. Meine Frau schenkte mir einen beeindruckenden Blumenstrauß, erkundigte sich flüchtig nach meinem Befinden und stellte die Blumen auf das Fensterbrett. Ohne Umschweife kam sie auf das Thema zu sprechen, das ihr am Herzen lag: »Für die Wahrnehmung unserer Interessen bei der Schadensregulierung habe ich einen Rechtsanwalt eingeschaltet. Bei einer schlampig gebauten Brücke sollten die Verantwortlichen kräftig zur Kasse gebeten werden.«

Ich fühlte mich vor den Kopf gestoßen, von Karsten sprach Doris kein Wort, und nach meinen Plänen fragte sie nicht: »Du bist voreilig, ich denke wir sollten das Angebot zu einer Regulierung von der Versicherung abwarten, dazu benötigen wir keinen Anwalt.«

»Wir sollten nichts verschenken und das herausholen, was möglich ist, solche Gelegenheit gibt es nur einmal.«

»Ich möchte nicht aus dem Elend eines anderen einen Vorteil herausschlagen. Mit der Last, den tragischen Unfall verschuldet zu haben, sind die Verantwortlichen genug bestraft. Unser Sohn Karsten wird durch keine Regulierung wieder lebendig gemacht. Geldmengen, aus absurden Forderungen, wie man sie aus der amerikanischen Rechtsprechung kennt, lehne ich ab. Sie ziehen nur falsche Freunde und Schurken an.«

Doris nestelte nervös an den Blumen herum: »Wir könnten den Geldsegen gut gebrauchen, Jonas könnte an der Harvard-Universität studieren, und wir würden endlich das überdachte Schwimmbecken in Auftrag geben können, das ist doch auch in deinem Interesse.«

Ich gewann den Eindruck, dass meine Frau hohe Beträge aus der Unfallregulierung schon verplant hatte und meine Wünsche in keiner Weise berücksichtigte. Ich fühlte mich hintergangen, es machte sich Enttäuschung und Groll in mir breit. Dieser Eindruck erhärtete sich, als ich erfuhr, dass Doris einen neuen Zweitwagen bestellt hatte, ein Cabrio mit einem Stern.

Im Krankenhaus fand ich nachts oft keinen Schlaf und hatte viel Zeit zum Nachdenken. Wem der Tod schon über die Schulter gesehen hatte, der nimmt seine eigene Person nicht mehr so ernst und gewinnt Abstand. Ich musste mir eingestehen, dass ich meine Frau und auch meinen zweiten Sohn Jonas kaum kannte, die emotionalen Bindungen waren im Laufe der Jahre verkümmert.

Ich war vom Familienoberhaupt zum Geldbeschaffer und Problemlöser degeneriert, der nützlich war aber sich nicht in eigene Angelegenheiten einmischen sollte. Meine Hauptbeschäftigung bestand im Geldverdienen. Sicherlich auch, weil meine Führungstätigkeit mir damals mehr Spaß machte als das Wechseln von Windeln und das Spielen mit Bauklötzen.

Auch nach zwanzig Ehejahren hatte Doris für mich ihre weibliche Ausstrahlung behalten, aber ihre Ansichten und Forderungen schockierten mich und sorgten für eine Entfremdung. Die Erkenntnis reifte in mir, dass ich, trotz meines wachsenden Wohlstands, ein jämmerliches und unglückliches Leben führte. Mit dem Aufstieg in die Vorstandsebene änderten sich meine Aufgaben: Ich musste Mitarbeiter einsparen, unliebsame Kollegen ausschalten, den Konkurrenten Schaden zufügen, um sie später billig aufkaufen zu können und das geforderte Wachstum zu erreichen. Die Krönung meiner Tätigkeit bestand darin, mit schön gerechneten Zahlen beim Aufsichtsrat zu buckeln. Die im Laufe des Jahres ausgeführten Gemeinheiten wurden mit einem Schmerzensgeld kompensiert, das die wohlklingende Bezeichnung: Bonus, trug. Oft ekelte ich mich am Abend vor meinem Gesicht im Spiegel. Nach meiner Überzeugung war die Kluft zwischen meiner Tätigkeit und meiner inneren Überzeugung die Ursache für mein Magenleiden und die heftigen Migräneanfälle. Wenn ich nicht zugrunde gehen wollte, das zeigte sich immer deutlicher, musste ich meine Lebensweise radikal ändern. Diesen Entschluss versuchte ich Doris und Jonas begreiflich zu machen. Beide reagierten mit Unverständnis, Vorwürfen und Drohungen.

Während der Wochen in der Reha-Klinik hatte ich Muße über den Sinn meines Lebens nachzudenken. Ich beschäftigte mich intensiv mit der Schreibkunst und begann einen Roman zu schreiben. Ich entdeckte meine Fähigkeit treffende Formulierungen zu finden, Handlungen spannend beschreiben zu können, das löste bei mir Freude am Schreiben aus. Den Stoff für ein Buch konnte ich aus meinem wechselvollen Leben schöpfen. Ich kündigte meine gut bezahlte Tätigkeit als Vorstandmitglied und wandte mich verstärkt der Literatur zu. Mein Konto schrumpfte jeden Monat, und ich weigerte mich, das gelieferte Cabrio zu bezahlen. Damit zog ich mir den Zorn meiner Frau zu, sie sprach kaum noch mit mir, dafür belauerte sie mich. Viele in unserem alten Freundeskreis zeigten Befremden über meinen Wechsel von der Vorstandetage zum kargen Brot der Literatur, hatten Verständnis für die Erwartungen von Doris und ergriffen Partei für sie. Der Versuch zur Änderung meiner Lebensweise führte zunehmend in eine Isolierung. Von Frau, Sohn und Freunden im Stich gelassen, fühlte ich mich wie ein Schiffbrüchiger, der sein Schiff auf ein Riff gesteuert hatte und als einzig Überlebender auf einem Rettungsfloß trieb, hilflos der Meeresströmung und dem Wind ausgesetzt.

Eines Tages begegnete mir in unserem Haus eine Designer Bodenvase, die Doris für zweitausend Euro erworben hatte. Ich war gezwungen Aktien zu verkaufen, um unsere Stromrechnung bezahlen zu können, meine Ehefrau verharrte auf ihrem gewohnten Konsumniveau und verschleuderte unser jetzt bescheidenes Einkommen für völlig entbehrliches Zeug. Ich wollte ein Zeichen setzen und dieser Entwicklung Einhalt gebieten. Wutentbrannt ging ich auf die Vase zu, Doris legte schützend ihre Hand darauf. Ich entriss ihr das Objekt des Anstoßes und warf es im hohen Bogen aus dem geschlossenen Fenster. Wie sich später herausstellte, hatte sie heimlich eine Kamera installiert und die Szene gefilmt, um meine Gewaltbereitschaft unter Beweis stellen zu können. Unser Zusammenleben wurde von Niedertracht und Misstrauen geprägt und entwickelte sich zur Hölle auf Erden. Als ich erfuhr, dass meine Frau ein Verhältnis zu ihrem Anwalt hatte, suchte ich mir eine kleine Wohnung in der Stadt und zog aus unserer Villa aus.

Nach einiger Zeit erhielt ich einen eingeschriebenen Brief ihres Anwalts. Darin wurde die Behauptung aufgestellt, dass die Ablehnung des mir zustehenden Schmerzensgeldes und meine gewalttätige Verhaltensweise auf eine gefährliche Geistesverwirrung nach dem Unfall hindeuten und die Untersuchung durch einen Sachverständigen erforderlich mache. Ich hielt das für einen schlechten Witz und weigerte mich diesen Sachverständigen aufzusuchen. Einige Zeit später wurde mir eine gerichtliche Anordnung zur Untersuchung durch einen Sachverständigen zugestellt. Der vielbeschäftigte Psychologe Dr.

Scheffler, ein persönlicher Freund des Anwalts meiner Frau, sollte die Untersuchung durchführen. Er war mir zutiefst unsympathisch. Der Seelendoktor stellte mir eine Reihe von blödsinnigen Fragen und ordnete, nach einer zehnminütigen Befragung, eine psychiatrische Behandlung an. Der anwesende Amtsarzt war in Eile, weil er gerade einen Notruf erhielt.

Die Klinik, in die ich geschickt wurde, erwies sich als Festung, ich durfte, ohne Genehmigung, das Haus nicht verlassen. All meine Versuche mit der Außenwelt in Kontakt zu treten, wurden mit einem verständnislosen Grinsen quittiert, und wer nicht spurte, wurde von den Pflegern mit fester Hand angefasst. Ich fühlte mich hilflos, wie ein Kind in einem Laufstall. Die Gefahren des gegen mich laufenden Verfahrens hatte ich unterschätzt und versäumt, rechtzeitig einen Anwalt einzuschalten.

Mein Ex-Kollege und Freund Jürgen war in meiner früheren Firma als Leiter der Rechtsabteilung beschäftigt. Seinem entschlossenen Eingreifen verdanke ich mein Entkommen aus dem Inferno der geschäftstüchtigen Seelendoktoren, die oft eine psychische Behandlung nötiger hatten als ihre Patienten. Mein Fall musste nun neu aufgerollt werden, dabei wurde ein Geflecht aus gemeinsamen aber unseriösen Interessen aufgedeckt: Doris lockte ihren Anwalt mit einer Beteiligung an dem erstrittenen Schmerzensgeld und mit ihren weiblichen Reizen. Der Anwalt wies der psychiatrischen Klinik regelmäßig Klienten zu und erwartete dafür ein Gutachten im Sinne der

Anklage. Die Klinik verlangte für ihr Schnellgutachten ein Vermögen und stellte mit Medikamenten ihre Patienten ruhig, von denen selten jemand als geheilt entlassen wurde.

»Wie fühlst du dich in der Freiheit, so ganz ohne Zwangsjacke?«, spöttelte Jürgen als wir gemeinsam in einem edlen Restaurant dinierten.

»Wie ein Adler, der um seine Beute kreist und auf einen günstigen Moment zum Zustoßen wartet. Ich hätte es früher nie für möglich gehalten, wie schnell man in deutschen Landen für verrückt erklärt werden kann. Zugegeben, ich hatte mich bei den Untersuchungen unkooperativ verhalten und mich im Freundeskreis als der große, aber trottlige Aussteiger ins Abseits gestellt. Dadurch habe ich einen selbstverschuldeten Beitrag zu meiner beklagenswerten Situation geleistet.«

Jürgen winkte dem Kellner, um die Bestellung aufzugeben. Der kräftige Mann mit dem weißen Hemd erinnerte mich an die Pfleger in der Klinik, und ich zuckte unwillkürlich zusammen: »Nach meiner Meinung wird den psychologischen Gutachten, die nicht frei von Antipathien sind, und die sich gelegentlich widersprechen, zu viel Bedeutung beigemessen. Dein Fall darf sich nicht wiederholen, auch Kauze, wie du, sollten vor gierigen Erben geschützt werden. Wir werden meine guten Kontakte zur Presse nutzen und das Verhalten dieser geschäftstüchtigen Seilschaft schonungslos ans Licht der Öffentlichkeit zerren.«

«Ich habe erfahren, dass sich auch der Gesetzgeber gerade mit diesem Thema beschäftigt, da könnte mein Fall einen aktuellen Beitrag liefern.«

Ich freute mich aufrichtig über den Besuch von Jonas, der sich bei mir entschuldigte, dass er den Antrag auf Entmündigung mit unterschrieben hatte: »Ich vermisse Karsten, der mir immer ein guter Ratgeber war. An einem Harvard-Studium bin ich nicht interessiert, meine Leistungen und Sprachkenntnisse reichen dafür nicht aus. Meine Mutter und der gierige Anwalt haben mich unter Druck gesetzt. Sie haben erklärt, wir müssten aus der Villa ausziehen und Sozialhilfe beantragen, wenn ich nicht unterschreibe.«

Ich nahm meinen Sohn in die Arme: «Es freut mich, dass du den Weg zu deinem leidgeprüften Vater gefunden hast. Ich habe mich in der Vergangenheit zu wenig um dich gekümmert, mich auf das Geldverdienen gestürzt, und wir haben uns dabei entfremdet. Um das zu ändern, habe ich meine Lebensweise umgestaltet. Ich will die Vorstandstätigkeit nicht mehr ausüben und mich Dingen zuwenden, die mir keine Gemeinheiten mehr abverlangen, sondern mir Erfüllung schenken. Seit ich mein Leben umgestellt habe, leide ich nicht mehr unter Migräneanfällen und fühle mich viel wohler. Dir will ich gerne verzeihen, wenn du mir auch verzeihen kannst.«

Jonas lächelte nachdenklich: »Du warst oft auf Geschäftsreisen oder hattest Kunden zum Essen eingeladen. Wenn Du abends zuhause warst, hast Du mir immer eine selbst ausgedachte Gutenachtgeschichte erzählt. Mama hat immer nur aus Kinderbüchern vorgelesen.«

»Ja, ja, ich erinnere mich, du durftest drei Schlagworte nennen, um die sich die Geschichte ranken sollte.«

»Deine Geschichten waren spannend. Der Teufel und die Fee waren oft dabei, einmal habe ich noch ein U-Boot hinzugenommen, damit die Geschichte länger wird. Der Teufel hatte die Batterien vom U-Boot mit einem Kabel kurzgeschlossen und die Fee hatte Mäuse eingesetzt, die die Kabel durchbissen. Dass der Teufel da machtlos war, hatte mich tagelang beschäftigt.«

»Wie schön, dass du dich noch an solche Details erinnern kannst.«

Jonas zeigte mir das Bild seiner Freundin: »Sie heißt Marianne und ist die schönste Frau auf der Welt. Sie macht eine Ausbildung als Pilotin, und wir sind schon zusammen geflogen.«

»Mein Junge, lasse dich auf den Schwingen der Liebe tragen und genieße die berauschende Zeit des aufeinander Zugehens. Wir sind damals aufeinander zugeflogen, und ich habe früher deine Mutter heiß begehrt. Es ist schwierig diesen Zustand über Jahrzehnte aufrechtzuerhalten. Ich wurde zum Kauz und deine Mutter, verführt von dem vielen Geld, zu einer Konsumbesessenen. Heute ist das Zusammenleben zur Qual geworden, und unsere Wege haben sich getrennt.«

Wir erteilten uns gegenseitig Absolution und besiegelten unseren erneuerten Pakt mit einer herzlichen Umarmung bei der Verabschiedung und verabredeten uns zu einem Flug mit Marianne. Beim Hinausgehen drehte sich Jonas noch einmal um und rief: »Bringe deinen Roman mit!«

Um seine heiße Liebe unter Beweis zu stellen, sollte der schneidige Anwalt künftig die üppigen Zahlungsverpflichtungen aus den Einkäufen der angebeteten Doris selbst übernehmen. Ich wollte mich davon befreien, eine klare Reglung herbeiführen und beantragte die Scheidung. Vielleicht zeigt er mehr Gelassenheit beim Entdecken von teuren Vasen als der für verrückt erklärte Vorgänger.

Ich begann akribisch Schriftstücke zu sammeln, rekonstruierte Telefongespräche, versuchte mich an Namen zu erinnern und stellte die Termine aus meinem Kalender zusammen, die im Zusammenhang mit meiner Einweisung standen. Mit dem Journalisten, den mir Jürgen vermittelt hatte, führte ich eine Reihe von Gesprächen, und wir suchten die Orte des Geschehens auf um Fotos zu machen.

Einen Teil meiner frustrierenden Erlebnisse ließ ich in meinen Roman einfließen und bot mein Werk einigen Verlagen zur Veröffentlichung an. Keines der angeschriebenen Verlagshäuser zeigte auch nur das geringste Interesse, einer davon erteilte mir eine Absage, mit dem freundlichen Hinweis, es sei keine Bewertung des Romans damit verbunden, die meisten antworteten nicht einmal.

Unsere Scheidung hatte viel Kraft und noch mehr Geld gekostet. Durch hohe Nebenkosten und aufgelaufene Hypotheken konnte unsere Villa nicht gehalten werden und musste verkauft werden. Vor Gericht wurden schmerzliche, entwürdigende Debatten geführt, und die festgelegte finanzielle Regelung ließ mein Finanzpolster schmelzen, wie den Schnee in der Frühlingssonne. Ein Einkommen aus meiner Schriftstellertätigkeit gab es nicht, meine geänderte Lebensweise steuerte auf einen finanziellen Kollaps zu. Mich ergriff tiefe Verzweiflung, die noch verstärkt wurde durch meinen Autounfall. In einer Kurve wurde ich abgelenkt und verlor ich die Kontrolle über meinen Wagen. Das Fahrzeug überschlug sich, ich wurde dabei nur leicht verletzt, fühlte mich jedoch als Versager.

Führte die Änderung meines Lebens zwangsläufig auf die Schattenseite des Lebensweges? Behielten meine alten Freunde Recht, die mich vor diesem Weg warnten? War es möglich meinen Verzicht auf Schmerzensgeld zu widerrufen? Welche Arbeitsplätze lassen eine Tätigkeit zu, ohne Gemeinheiten verrichten zu müssen? Sollte ich Möglichkeiten meiner Rückkehr in die Industrie ausloten? Diese Fragen raubten mir nächtelang den Schlaf. Eine Rückkehr in die Unternehmensleitung lehnte ich ab und entschloss mich, eine Handelsvertretung zu übernehmen. Diese Tätigkeit bescherte mir ein Grundeinkommen bei freier Zeiteinteilung, aber schränkte meine Zeit zum Schreiben ein.

An einem Samstag fand ich auf der Titelseite unserer Tageszeitung einen Artikel mit der Überschrift: Gefälligkeitsgutachten mit fatalen Folgen. Der Journalist berichtete süffisant und mit Pointen angereichert über das Opfer und die Hintergründe für seine Einweisung. Orte, Fotos, abgekürzte Namen und Daten waren, nicht nur bei mir, sorgfältig recherchiert, und der Artikel wurde an den Folgetagen fortgesetzt. Schon nach einigen Tagen erfuhr ich von der Suspendierung des Dr. Scheffler, dabei hielt sich mein Mitgefühl in engen Grenzen und wurde von einer gewissen Genugtuung abgelöst. Durch das lebhafte Leserinteresse an dem Thema wurde ich zu einem gefragten Gast bei Talk-Shows im Fernsehen.

Eine weitere Überraschung erfuhr ich durch einen Anruf von Herrn Weber. Der Anrufer war Lektor eines großen Verlagshauses und interessierte sich plötzlich brennend für meinen Roman. Er bot mir sogar einen üppigen Vorschuss an. Zusammen mit dem Lektor überarbeitete ich den Roman und konnte dabei viel über die Schreibkunst in Erfahrung bringen. Unsere Mühe wurde mit einem erfolgreichen Buchstart gekrönt, und mein Konto machte Freudensprünge.

Wieder einmal konnte ich feststellen, in einer Krise steckt auch eine Chance.

10.Der verschmähte Freier

Der Herbst hatte die Blätter der Linde im Kindergarten bunt gefärbt. Ich saß auf der Bank unter dem schattenspendenden Baum und beaufsichtigte die wenigen Kinder, die noch nicht von ihren Eltern abgeholt wurden. Da sah ich den schwarzen Jaguar vom Bauunternehmer Alfred Schneider heranpreschen und rief:»Miriam, sammle deine Schippen ein, heute holt dich dein Vater ab.«

Herr Schneider war immer in Eile, war eifrig bemüht sich die Welt untertan zu machen und hatte eine größere Spende für den Kindergarten gemacht. Ich klopfte Miriam den Sand ab, zog ihr die Jacke über und begleitete sie zur Tür. Der Vater blieb im Wagen sitzen und winkte mich heran:»So eine verführerische, schöne Frau sollte nie unbegleitet nach Hause gehen. Ich hole Sie in einer halben Stunde ab und lade Sie zum Essen ein. Jeder, der etwas vom Essen versteht, sollte unbedingt einmal im Ristorante Luigi gegessen haben.«

Mir war dieser überhebliche, graumelierte Charmeur unsympathisch, außerdem war ich mit Marco verabredet, wollte aber unserem Gönner gegenüber nicht unhöflich sein:»Das ist nett von Ihnen, aber ich bin heute schon verabredet, vielleicht ein anderes Mal.«

Offensichtlich war er Absagen nicht gewohnt und er rief beleidigt:»Ich lade nicht jeden ins Luigi ein, einem guten Kunden sollte man nichts abschlagen, also dann am kommenden Donnerstag.«

Noch ehe ich antworten konnte raste der turtelnde Vater davon. Offensichtlich glaubte dieser protzige Kapitalist, dass durch seine Spende auch alle Mitarbeiter zu seiner Verfügung stünden. Hier irrte der reife Herr, der altersmäßig mein Vater sein könnte. Ich traf Marco in unserer Stammkneipe und berichtete meinem Freund, dass Herr Schneider geruht mich zu begehren und bekundete meine tiefe Abneigung gegen diesen Ehrenbürger.

»Du solltest mit keiner Geste oder Anmerkung diesem Casanova Hoffnungen machen, verschmähte Freier können sich gemein verhalten«, warnte Marco.

Am Donnerstag, pünktlich zum Dienstschluss, stand der Jaguar von Herrn Schneider vor dem Kindergarten. Als ich nicht erschien, hupte er mehrfach. Ich beschäftigte mich mit Aufräumarbeiten und ließ ihn hupen. Die Anwohner fühlten sich durch den unnötig erzeugten Lärm belästigt und forderten den Hupenden unmissverständlich auf weiterzufahren. Am nächsten Morgen klingelte ein Bote an meiner Wohnungstür und überreichte mir einen Strauß rote Rosen mit einem Kartengruß und einer erneuten Einladung.

»Bitte warten Sie einen Augenblick!« Ich nahm einen Stift, strich meinen Namen durch und setzte als Empfänger Frau Schneider ein, mit dem Hinweis, dass ich rote Rosen nicht mag und beim Absender ein Irrtum vorläge. Ich wies den Boten an den Strauß im Hause Schneider abzuliefern. In den nächsten Wochen machte Herr Schneider keinen neuen Annäherungsversuch, und ich hatte den Eindruck diese leidige Angelegenheit sei nun erledigt.

Als ich eines Morgens in den Kindergarten kam, fand ich meine Kollegen und Kolleginnen in hellem Aufruhr. Man musterte mich von oben bis unten, und die Leiterin rief mich in ihr Büro. Sie zeigte mir auf ihrem Smartphone eine Reihe von ekelhaften Bildern, die mein nacktes Konterfei beim Analverkehr zeigten, angereichert mit ordinären Texten und meiner Telefonnummer. Dieser abstoßende Akt vollzog sich auf einem roten Ledersofa, das mir völlig unbekannt war. Mein Gesicht war durch Fotomontage auf einen schönen Körper gesetzt worden. Es sollte der Eindruck erzeugt werden, dass ich mein Gehalt mit Liebesdiensten aufbessern würde und gerne jedermann zur Verfügung stünde.

Ich ließ mich auf einen Stuhl gleiten und rief empört: »Die Fotos sind nicht von mir, sie müssen durch Fotomontage entstanden sein, die abgebildeten Räumlichkeiten kenne ich nicht, und meine Freizeit verbringe ich mit Marco!«

»Das glaube ich dir sofort, darum wollte ich mit dir reden. Ich weiß, dass mit Fototricks gemobbt werden kann.«

»Wer könnte ein Interesse haben mir zu schaden, und wie kann ich mich dagegen wehren?«

»Ich würde Anzeige bei der Polizei erstatten. Nur helfen wird das nicht viel, es ist schwierig den Urheber ausfindig zu machen. Ich bin mit deiner Arbeit sehr zufrieden, du hast guten Kontakt zu Kindern und Eltern. Ich denke, wir sollten diese Schmierereien ignorieren und du machst deinen Dienst, wie gewohnt. Ich wollte dich nur warnen.«

Meine Arbeitsbedingungen hatten sich schlagartig verändert, die Kollegen schauten mich so merkwürdig an. Ich fühlte mich wie ein geschorenes Schaf, das von einem Rudel Wölfen belauert wurde. Der Hausmeister bemerkte süffisant: »Ich ahnte nicht, dass sie so schöne Brüste haben«, und der sechsjährige Ferdinand wollte wissen was eine Nutte ist und ob ich eine Nutte sei.

Zu Hause klingelte pausenlos das Telefon, die Anrufe kamen aus allen Teilen der Republik, einige sogar aus Holland. Es wurden schlüpfrige Anmerkungen gemacht und versucht Preise und Termine auszuhandeln. Marco riet den Telefonstecker zu ziehen, leider stand mir selbst dann kein Telefon mehr zur Verfügung.

Verzweifelt erstatte ich Anzeige auf dem Polizeirevier gegen Unbekannt und bat um Löschung der Bilder. Mir wurde mitgeteilt, dass es aussichtslos sei den Täter zu ermitteln, weil der Absender über mehrere Server umgeleitet wird, und die Spur sich irgendwo im Ausland verliert. Die Löschung der Bilder sollte ich bei der Internetplattform beantragen, welche die Bilder veröffentlicht hat, aber das könne lange dauern.

Die alleinerziehende Mutter des Problemkindes Philipp behauptete mich im Rotlichtmilieu gesehen zu haben und beantragte die Einberufung eines Elternabends. Der edle Gönner Schneider stornierte eine angekündigte Spende an den Kindergarten. Endlich wurde mir klar, dass der verschmähte Freier der Urheber der Internetaktion war, ohne dass ich es beweisen konnte. Der Elternabend wurde zu einem wahren Spießrutenlaufen für mich, obwohl meine Chefin mich nach Kräften verteidigte. Ich hatte das Gefühl nackt und hilflos vor einer feindlichen Meute stehen zu müssen, einige Väter dachten wohl an die pikanten Fotos und taxierten meinen schlanken Körper mit lüsternen Blicken, und übergewichtige Mütter ließen eine gewisse Schadensfreude erkennen. Es wurde die Befürchtung geäußert, dass einer Dame des horizontalen Gewerbes die Eignung zur Kindererziehung fehle, dass eine AIDS-Ansteckungsgefahr bestehe. Ferner sei ich in der vergangenen Woche tätlich gegen Philipp geworden. Richtig ist, dass ich ihm ein Spielzeug abnahm, das er vorher einem anderen Kind entrissen hatte. Ich sollte beweisen, dass ich mich nicht zu der fraglichen Zeit im Rotlichtmilieu aufgehalten habe und ein Attest über meinen negativen AIDS-Test vorlegen. Unserer Leiterin blieb nichts weiter übrig, als mich bis zur Klärung der anstehenden Fragen vom Dienst zu suspendieren.

Plötzlich hatte ich viel Zeit über mein Leben und die Ereignisse der letzten Tage nachzudenken. Es schmerzte mich, dass mich Freunde und Kollegen im Stich gelassen hatten, selbst mein Vater rügte die wilden Jahre in meiner Jugend und wirkte verunsichert durch die Fotos. Nur Marco und meine Mutter hielten uneingeschränkt zu mir. Mehrere Eltern kritisierten meine konsequente und strenge Erziehung im Kindergarten, vielleicht war meine Methode nicht mehr zeitgemäß. Ich bedauerte, dass ich bei dem aufsässigen Philipp überreagiert hatte und ihm gewaltsam das Spielzeug entrissen hatte. Die roten Rosen hätte ich in den Mülleimer werfen sollen statt die Ehefrau zu provozieren. Ja, man macht nicht immer alles richtig im Leben.

Lustlos lief ich die Kaiserstraße entlang, suchte einige Boutiquen auf, probierte Kleider und Schuhe an, ohne einen Kaufentschluss zu fassen. Dann kehrte ich in ein Café ein, bestellte einen Cappuccino und blätterte gelangweilt in einer Illustrierten. Am Vormittag saßen hier Rentner und Mütter mit Kleinkindern, ich hatte weder Lust mit der einen Gruppe noch mit der anderen ins Gespräch zu kommen. Ich rief einige Freundinnen an, die entweder in Eile waren oder nicht erreichbar, also schlenderte ich zurück in meine leere Wohnung. Langeweile pur, nichts gelang mir in letzter Zeit, ich stellte die Kaffeekanne neben die Kaffeemaschine und das heiße Getränk ergoss sich aus der Maschine über den Tisch auf den Boden. Mir wurde klar welch ein sorgenfreies und erfülltes Leben ich vorher hatte, und ich sehnte mich nach dieser Zeit zurück. Meine Versuche die Schandfotos aus dem Netz zu nehmen, erwiesen sich als zeitaufwendig und dornenreich, zunächst musste ich die Ansprechpartner der verschiedenen Plattformen ausfindig machen, und sie dann auch erreichen. Meist landete ich am Telefon in endlosen Warteschleifen und brach mein Vorhaben ab.

Ich hatte in Erfahrung gebracht, dass Herr Schneider jeden Donnerstag in seiner Stammkneipe Skat spielte, also suchte ich ihn dort auf und bat ihn die Löschung der anstößigen Fotos zu veranlassen:»Damit habe ich nichts zu tun. Unsere kleine Kindergärtnerin hat jetzt viel Zeit ihrer Nebenbeschäftigung nachzugehen. Sind deine Kunden unzufrieden, weil du ihnen nicht bietest, was du versprochen hast?« Die Trinkkumpane am Tisch grölten vor Lachen und tätschelten mein Hintern. Es zeigte sich, dass der verschmähte Freier den Kampf suchte und meine ausgestreckte Hand zur Versöhnung ausschlug. Ich musste meine Strategie darauf einstellen.

Ich war gezwungen mich jetzt mit überwiegend unerfreulichen Dingen zu befassen, und das hinterließ Spuren in meiner geplagten Seele. Ich fühlte mich missbraucht und tief gedemütigt, war unzufrieden mit mir und der Welt, hatte Langeweile, hing tagelang herum und wurde depressiv, weil ich keinen Ausweg erkennen konnte. Mein Hass gegen den Verursacher meines Elends steigerte sich. Hass vergiftet die Seele und ich sollte eigentlich meinem Feind vergeben, aber ich konnte es nicht! Ich wollte diesen Schurken mit seinen eigenen Waffen schlagen, und in mir reiften Rachepläne. Ich wusste, dass er jeden Donnerstag nach dem Skatspielen direkt nach Hause fuhr, dabei benutzte er immer die Abkürzung durch den Wald, denn der brave Biedermann musste pünktlich um neunzehn Uhr am Abendbrottisch sitzen.

Ich zog meinen ausgeschnittenen Pullover an, steckte mein Handy und sicherheitshalber eine Pfefferspray Dose ein und begab mich auf den Waldweg. Dort lenkte ich mein Fahrrad um achtzehn Uhr vierzig gegen einen Kilometerstein am Straßenrand. Das Vorderrad verformte sich zu einer Acht, ich zog mir eine Schürfwunde beim Sturz zu und saß neben meinem umgekippten Fahrrad. Per Handy informierte ich Marco über meinen Unfall und bat ihn, mich aus dem Wald zu holen. Mein Freund versprach in einer viertel Stunde bei mir zu sein.

Es dauerte nur wenige Minuten bis der Jaguar von Herrn Schneider anhielt: »Na, ist unser Häschen auf die Nase gefallen? Zeig mal her«, er hockte sich neben mich und betrachtete die Schürfwunde an meinem Knie. Ich öffnete leicht die Beine, so dass er meinen schwarzen Slip im Scheinwerferlicht erblicken konnte. »Die Wunde ist harmlos, nur mein Fahrrad kann ich nicht mehr benutzen«, flötete ich und erhob mich langsam, dabei konnte er den Brustansatz in meinem Ausschnitt nicht übersehen.

»Ich könnte dich in den Ort mitnehmen oder ins Krankenhaus fahren, aber das Fahrrad bekomme ich nicht in den Jaguar«, bot dieser Wolf im Schafspelz an.

»Würde der edle Retter das ohne eine Gegenleistung tun?«, fragte ich scheinheilig mit verruchter Stimme, wackelte mit den Hüften und hielt ihm meine Wange hin. Er zögerte einen Augenblick, dann küsste er mich auf den Mund. Als ich mich nicht wehrte, trug er mich in ein Gebüsch, legte mich auf den kühlen Waldboden und riss mir das Höschen und den Büstenhalter vom Leib. Ich hatte geahnt, dass ich nur wenig nachhelfen musste um die Bestie in diesem Mann zu wecken, jetzt erfasste mich Angst. Mit Gewalt drückte er mir die Schenkel auseinander und nahm mich mit ungestümen Stößen. Die Tannennadeln unter mir piekten, und ich spürte seine Erregung in mir. Ich hatte Schmerz erwartet, aber ich empfand keinen, eher Genugtuung, und ich ließ ihn eine Weile gewähren. Das Gefühl Macht über den gefürchteten Baulöwen zu haben, half mir für einen Moment meine Abneigung gegen diesen Wüstling zu überwinden. Dann begann ich zu schreien und trommelte gegen seine Brust. Er versuchte mir den Mund zuzuhalten, ich wehrte mich und zerkratzte sein Gesicht. In diesem Moment hielt Marcos Wagen, er stürzte herbei, riss den Vergewaltiger von mir und verpasste ihm einen Schlag ins Gesicht. Der brutale Freier sprang auf und schlug mehrfach zurück. Als Marco am Boden lag, rannte er zu seinem Jaguar und raste davon. Ich verständigte die Polizei, half meinem Freund auf die Beine und suchte die Reste meiner Kleidung zusammen.

Der Tatort wurde abgesperrt, Spuren wurden gesichert, ich wurde in ein Krankenhaus gefahren. Die Beweislage war erdrückend: Sein Sperma in mir, seine Hautpartikel unter meinen Fingernägeln, sein zerkratztes Gesicht, seine Reifenspuren am Tatort, und zwei Tatzeugen! Da konnte auch der beste Rechtsanwalt nicht helfen, der Ehrenbürger Schneider wurde in Untersuchungshaft genommen. Als der Häftling seine Version von einer einvernehmlichen Begegnung im Wald vortrug, wurde er laut ausgelacht.

Das belastende Erlebnis hatte meine Beziehung zu Marco gefestigt, ich war stolz auf meinen Geliebten, der mich mutig verteidigte, obwohl der Gegner ihm körperlich überlegen war. Er ließ mich fühlen, dass durch das Eindringen des Wüstlings sein Verlangen nach mir nicht gelitten hatte. Die provozierte Vergewaltigung bereitete mir ein schlechtes Gewissen, ich hatte die Gewaltbereitschaft unterschätzt, die einem vom Trieb gesteuerten Mann innewohnt. Rückblickend betrachtete ich meine Handlungsweise als einen Fehler, ich hatte die Risiken falsch eingeschätzt. Ich fühlte mich schuldig und besudelt, aber auch bestätigt und befreit, die kleine Kindergärtnerin war in der Lage diesem Goliath seine Grenzen aufzuzeigen. Die Langeweile war schlagartig wieder aus meinem Alltag verschwunden, Zeitschriften boten mir exklusive Verträge für die Veröffentlichungsrechte an, und Fernsehsender zeigten sich an Interviews mit mir interessiert.

Alfred Schneider musste eine Reihe von harten Prüfungen hinnehmen, dieser Mann der Tat war zur Passivität im Gefängnis verurteilt, mit dem einst gefeierten Baulöwen wollte niemand mehr Geschäfte machen. Für sein Großprojekt wollte er ein Grundstück ersteigern, aber der Häftling konnte den Termin selbst nicht wahrnehmen und einen Vertreter konnte er nicht finden. Sein Prestigeprojekt, in das er schon viel Geld investiert hatte, konnte nicht realisiert werden. Die Banken stellten seine Kredite sofort fällig, daraufhin musste seine Firma Konkurs anmelden. Seine energische Ehefrau Hedda, die sein pünktliches Erscheinen zum Abendessen so erfolgreich durchgesetzte, reichte die Scheidung ein. Ihre Energie nutzte sie um ihre eigene Versorgung zu sichern, denn aus der Konkursmasse war kein Geldsegen zu erwarten. Sie fuhr entschlossen in die Schweiz und leerte das Nummernkonto, das durch Schwarzgelder gespeist wurde, eine stille Reserve bildete, und nun, zapzerap, dem Ehemann nicht mehr zur Verfügung stand.

Die Zeitungen schlachteten nach besten Kräften den Niedergang des Baulöwen aus und hielten das Thema über einen langen Zeitraum mit fein dosierten Berichten am Brodeln. Durch das Gerichtsverfahren konnte auch der Urheber der manipulierten Fotos dingfest gemacht werden, den Herr Schneider engagiert hatte, um mich zu mobben. Meine Rachegedanken waren besänftigt, ich fühlte eher Mitleid mit meinem Peiniger. Ich hatte bei meinem Niedergang zwei Menschen, die unerschrocken zu mir hielten, er hatte auf Geld und gekaufte Freunde gebaut und hatte niemanden mehr.

Marco konnte erfolgreich sein Studium abschließen und wir zogen nach Frankfurt, wo er einen Arbeitsplatz fand. Ich hatte keine Schwierigkeiten dort eine Anstellung in einem Kindergarten zu bekommen. Nach drei Jahren meldete sich unsere Tochter Theresa an, und ich gab meine berufliche Tätigkeit auf.

An einem Sonntagmorgen saß ich in unserem Garten und blätterte in der Wochenendzeitung. Ein lauer Wind bewegte die Blätter des Nussbaums, in dessen Schatten Theresa friedlich in ihrer Buddelkiste spielte. Marco war heute mit dem Kochen an der Reihe und klapperte in der Küche. Da stieß ich auf eine Anzeige, die meine Aufmerksamkeit fesselte: An der Frankfurter Oper, so wurde angekündigt, gibt der Geiger Alfred Schneider ein Sonderkonzert. Ich befragte das Internet, ob das eventuell der Baulöwe sein könnte, und ich wurde fündig. Bei Google konnte ich sein Bild und eine ausführliche Würdigung des Musikers finden. Unsere Begegnung auf dem Waldweg wurde in seinem Lebenslauf sanft angedeutet: Dieser begnadete Violine-Virtuose sei auf seinem ungewöhnlichen Lebensweg auch schon einmal mit dem Gesetz in Konflikt gekommen…Ich bestellte Karten für das Konzert.

Die Vorstellung war sehr gut besucht, es wurde Mozart und Brahms gegeben. Ich konnte mir nicht vorstellen, dass dieser Barbar in der Lage sein sollte, einer zarten Geige Töne zu entlocken. Mir kamen die Bilder wieder in den Kopf, wie er mich packte und in den Busch schleppte, wie er verschwitzt, mit wirrem Blick über mir thronte und in mich eindrang. Auch heute hatte ich die Lage wieder falsch eingeschätzt, dieser Musiker beherrschte sein Instrument mit bemerkenswerter Perfektion, das Orchester folgte seinem bravourösen Spiel und das Publikum jubelte ihm zu.

Nach dem Konzert schlenderte ich ins Foyer, und dort saß der Stargeiger an einem Tisch, umringt von Presseleuten. Ich setzte mich an die Bar und fixierte ihn. Er erkannte mich sofort, kam zu mir an die Bar, und wir tranken Sekt zusammen. Ich traf einen sanftmütigen Mann, der mit dem Baulöwen von einst nichts mehr gemeinsam hatte. Sein Haar war ergraut, das Gesicht von markanten Furchen durchzogen, seine Augen strahlten aus tiefen Höhlen in die Welt, und aus seiner weichen Stimme war das arrogant Fordernde gewichen: »Deine Inszenierung hat die Bestie in mir geweckt und mir vor Augen geführt, zu welchem Schurken das Leben mich gemacht hatte. Ich möchte mich für mein Verhalten entschuldigen.«

»Ich war von Rachegedanken zerfressen und habe mich auch schäbig verhalten, mit nicht abschätzbaren Folgen. Wir sind quitt. Wie bist du zur Musik gekommen?« Ich habe das vertrauliche du von meinem gewandelten Gegenüber übernommen, ohne es zu merken.

»Ich hatte im Gefängnis viel Zeit über mein Leben und mein Handeln nachzudenken. Ich wollte mir immer die Welt untertan machen. Beim Geldraffen habe ich betrogen, gestohlen, erpresst und gelogen, daher stand ich in der Stunde der Not ganz allein. Als Kind habe ich gerne Geige gespielt und sogar einige Wettbewerbe gewonnen, aber das Geschäftsleben ließ mir keine Zeit zum Musizieren und hat meine Begabung verschüttet. Im Gefängnis erhielt ich eine Erlaubnis Geige zu spielen und habe dort ein kleines Orchester aufgebaut.«

»Warst du nicht verzweifelt über den Zusammenbruch deines Lebenswerkes, hattest du keine Rachegedanken?«

»Mein Lebenswerk wurde zunehmend zu einer Last. Ich fühlte mich wie ein Sklave, der eine Schatztruhe bergauf schleppen musste, ohne den Gipfel jemals zu erreichen. Ich hätte für viele meiner Schandtaten eine Strafe verdient. Verurteilt wurde ich schließlich für eine Tat, die ich im Sinne der Anklage nicht begangen hatte. Aber diese Bestrafung hat sich als segensreich erwiesen und mich zu meiner Berufung zurückgeführt. Heute habe ich das Raffen abgelegt, sonne mich auf einer blumenreichen Wiese und bin ein glücklicher Mensch geworden. Ich möchte mich sogar bedanken für deine Inszenierung«, rief er und eilte zurück zu seiner Pressebesprechung.

11.Das verzögerte Eheversprechen

Mein vierzigster Geburtstag wurde mit einem großen Fest im Schloss Falkenberg und Hundert geladenen Gästen zelebriert. Zum Empfang im Schlossgarten spielte die beliebte Band: Moon-Dogies, und der Gerichtspräsident hielt die Laudatio. Er sprach von meiner geschliffenen Rhetorik als Anwalt bei Gerichtsverhandlungen und einer Gabe, diese mit humorvollen Begebenheiten anzureichern. In diesem Augenblick machte sich mein Mobiltelefon bemerkbar. Die Anzeige meldete, dass Dorothea mich sprechen wollte, das war höchst unpassend, denn meine Frau Irene stand direkt neben mir, und ich drückte das Gespräch eilig weg. Bei der Auswahl der Speisen hatte ich eine glückliche Hand, das Menü wurde von den Gästen gelobt, und beim anschließenden Tanz war ich ein gefragter Mann.

In einer Tanzpause flüchtete ich in eine stille Ecke des Gartens und rief meine Geliebte zurück:»Felix, ich habe Sehnsucht nach dir, komm nach dem Fest noch bei mir vorbei, egal wie spät es ist, ich habe eine Überraschung vorbereitet.«

»Du weißt genau, wie gerne ich bei dir wäre, aber heute ist es unmöglich, mein Bruder und seine Frau übernachten bei uns, da kann ich mich nicht davonstehlen.« Ich spürte, dass sie den Tränen nahe war und fügte schnell hinzu,»das holen wir alles am Mittwoch nach, da bin ich auf einem Kongress, danach komme ich sofort zu dir. Ich kann es kaum erwarten dich wieder in den Armen zu halten und bin neugierig auf deine Überraschung.« Hoffentlich ist sie nun beruhigt, dachte ich, und schlenderte zurück zu meinen Geburtstagsgästen.

Mein Sohn Gustavo berichtete mir stolz von dem Gesangswettbewerb, zu dem er sich qualifiziert hatte. Die Entscheidung würde am Mittwoch fallen, und er hoffte auf die väterliche Unterstützung bei seinem Auftritt.

»Am Mittwoch werde ich auf dem Juristenkongress sein, der zieht sich lange hin, da kann ich bei deinem Auftritt unglücklicherweise nicht mitklatschen.«

»Alle Eltern sind dabei, du bist immer beruflich unterwegs. Sogar bei meiner Konfirmation warst du zu einer Tagung in England«, stellte er enttäuscht fest.

»Dabei verdiene ich für die Familie ein gutes Einkommen, deinen Surfkurs auf Hawaii kann sich nicht jede Familie leisten. Irene wird mich würdig mitvertreten«, wimmelte ich seinen Wunsch ab.

Am Mittwoch hatte ich den Kongress schon am frühen Nachmittag verlassen, kaufte einen großen Blumenstrauß und entschwebte beschwingt zu Dorothea, wie ein Vogel, der in ein vertrautes Nest fliegt. Vor ihrer Wohnungstür las ich auf dem Messingschild: Dorothea Kern, Staatsanwältin, und hörte die Stimme ihrer Mutter aus dem Wohnungsinnern: »Es gibt auf dieser Welt so viele interessante Männer, warum musstest du dich ausgerechnet in einen verheirateten Mann verlieben, der dir die besten Jahre raubt und dich mit Versprechungen vertröstet?«

Ich grüßte kurz Agathe, als sie sich von ihrer Tochter verabschiedete. Endlich fiel die Wohnungstür ins Schloss. Die Blumen legte ich hastig auf den Spiegelschrank, umschlang die Heißbegehrte, und wir küssten uns leidenschaftlich. Noch ehe wir das Bett erreichen konnten, öffnete ich den seidenen Morgenmantel, der diese Göttin verhüllte, schob ihren Slip seitwärts, und wir flossen ineinander, wie zwei Wasserfälle, die sich tosend zu einem Fluss vereinten. Ich spürte ihren vollendeten Körper mit einer Intensität, die ich noch bei keiner anderen Frau erlebt hatte. Sie liebte mich hingebungsvoll, nahm mich feuchtwohlig in ihr Paradies auf, und gab mir das Gefühl, der beste Liebhaber aller Zeiten zu sein. Ich war verrückt nach ihr und hätte sie gern öfter getroffen. Erst als der Rausch dieser Vereinigung abgeklungen war, bewunderte sie die Blumen und stellte den Strauß in eine Vase.

»Ich habe eine Überraschung«, jubelte Dorothea und hielt einen Umschlag hinter ihren Rücken, »tatütata, tatütata, ich habe für uns ein Skiwochenende in Zürs am Arlberg gebucht, Skipass und Wellness inbegriffen. Wir verlegen deinen Juristenkongress, der für Februar geplant ist, und den wir ausfallen lassen, kurzerhand in die Alpen.«

»Das ist eine tolle Idee, ich laufe wahnsinnig gern Ski mit dir «, begeisterte ich mich, wohl wissend, dass es schwer sein wird mit einer Skiausrüstung zu einem Kongress aufzubrechen, ohne den Argwohn meiner Frau zu erregen und fuhr fort: »Ich sollte mich von Irene trennen, dann könnten wir reisen, wohin wir wollen.«

»Das hast du schon oft angekündigt, ohne Taten folgen zu lassen, soll ich dir diesmal glauben?«, fragte sie und kuschelte sich in meine Axelhöhle.

»Du weißt wie glücklich du mich machst und wie gerne ich bei dir bin, aber für eine Scheidung sollte ein günstiger Augenblick gewählt werden. Das Sorgerecht für die Kinder, das gemeinsame Haus, Reglung von Rentenansprüchen und die Trennung von gemeinsamen Freunden, alles muss genau bedacht werden und dafür ist Geduld erforderlich«, versuchte ich sie erneut hinzuhalten. Eigentlich fühlte ich mich mit einer Geliebten im Arm und einer Familie im Hintergrund recht wohl und hatte keine Eile diesen Zustand zu ändern. Auch stand zu befürchten, dass bei einer Scheidung nach drei Jahren, auch mit der neuen Frau der Ehealltag eintreten wird, und das Prickelnde, Abenteuerliche, das mich heute so berauscht, verloren geht.

»Wenn du es ernst meinst, muss es möglich sein bis zu unserer Skireise die Scheidung einzureichen, für alles weitere bringe ich die erforderliche Geduld gerne auf«, verkündete sie, setzte sich aufrecht ins Bett und blickte mich an, wie ein Hase, der den Jäger entdeckt hat und nun auf den Schuss wartet.

»Ich will es versuchen«, vertröstete ich Dorothea feige.

»Ich bin verärgert über meine Mutter. Sie ist von unserer Beziehung nicht begeistert und warnt dauernd, ich solle die Finger von verheirateten Männern lassen. Das nervt mich, ich habe ihr gesagt, sie soll diese Warnungen für sich behalten oder mich nicht mehr besuchen.«

Nach dem Opernbesuch saß ich mit meiner Frau wieder einmal beim Griechen und wir tranken Retsina. Irene ergriff das Wort, ohne auf die Opernaufführung einzugehen: »Gustavo hat seinen Vater beim Italiener Hand in Hand mit dieser Staatsanwältin gesehen, als er seine Pizza dort abholte. Kannst du dir vorstellen wie ich mich jetzt fühle, und was soll ich dem Jungen sagen?«

Dumm gelaufen, dachte ich, und sagte: »Gustavo weiß, dass seine Eltern keine treuen Mustereheleute sind, du bist in dieser Hinsicht auch kein Kind von Traurigkeit. Er ist damit bisher gut zurechtgekommen und wird durch seine Beobachtung keinen Schock kriegen.«

»Immer hältst du mir meine Affäre vor, die jahrelang zurückliegt und die von dir als Freifahrschein missbraucht wird. Ich leide unter deinen Dauerverhältnissen und fordere ein Ende dieser Beziehung«, verkündete Irene laut und stampfte zur Bekräftigung ihrer Forderung mit dem Fuß auf.

»Du weißt, ich liebe dich, und ich will mit dir zusammen leben. Warum lässt du mir meine kleinen Spielchen nicht, die auch zu einer Steigerung der erotischen Spannung in unserer Ehe beitragen?«

»Das mag bei dir so sein. Bei mir erzeugt dein Fremdgehen einen Widerwillen und eine körperliche Abneigung, die ehegefährdend wirken. Du behauptest zu einem Juristenkongress zu fahren und planst eine Skireise mit diesem Flittchen. Wenn du diese Reise antrittst, wird das ernste Folgen haben«, erklärte meine Frau und verließ wütend das Lokal.

Woher weiß sie von der Reise, dachte ich, und warum dieser Gesinnungswandel? Früher hatte sie ihre Affären und ich meine. Es tat beiden gut und hatte unsere Beziehung nie gefährdet. Im fortgeschrittenen Alter machte sie exklusive Besitzrechte geltend. Jetzt sprach sie von körperlicher Abneigung und ernsten Folgen. Ich konnte mir nicht vorstellen, dass sie ernsthaft an eine Scheidung dachte, eine übertriebene Reaktion, die ihren Lebensstandard einschränken würde. Also was sollte diese plötzliche Hinwendung zur Tugend? Schon das Wort: Fremdgehen, war unzutreffend. Ich gehe nicht zu einer Fremden, sondern lebe die, mir von der Schöpfung gegebene, Sexualität mit einer Geliebten aus. Ich befürchtete, dass ich bei Unterdrückung der menschlichen Natur mich seelisch verbiegen müsste, wie viele katholische Priester. Das wollte ich nicht!

Die Winterlandschaft, die rasanten Abfahrten, die gemütlichen Skihütten und die Nächte mit Dorothea lockten unwiderstehlich. Trotz aller Drohungen trat ich diese Skireise an.

Sie war schon am Vortag angereist und erwartete mich in der Hotellobby: »Hast du die Scheidung eingereicht?«, kam sie ohne Umschweife auf ihr Thema zu sprechen.

»Nun, es hat da einige Schwierigkeiten gegeben…«

»Also hatte meine Mutter doch recht«, stellte sie enttäuscht fest und zog sich ihren Skianorak über. Bei der Abfahrt auf der Piste legte sie ein rasantes Tempo vor, und ich hatte Mühe Anschluss zu halten. Beim Abendessen gab sich Dorothea wortkarg, jedes meiner Worte war falsch, jede Berührung wurde als lästig abgetan. In der Nacht drehte sie mir den Rücken zu, während ich vor Sehnsucht zersprang, kam von ihrer Seite nur ein leises Säuseln. Am nächsten Morgen war ihr Bett leer. An der Rezeption erfuhr ich, dass sie abgereist war. Als kostenbewusster Mensch wollte ich meinen Skipass noch abfahren und begab mich alleine auf die Piste. Ich vermisste ihren wohlgeformten Popo, der gestern noch so stimulierend vor mir herschwang. An den Kreuzungen musste ich anhalten, die Brille herausholen und die Karte studieren, um die richtige Abfahrt zu finden. In der Skihütte hatte sie mit ihrem freundlichen Lächeln Sitzplätze organisiert, während ich Speisen und Getränke beschaffte. Heute stolperte ich in den steifen Skischuhen, mit dem Tablett in der Hand, von Tisch zu Tisch und niemand rückte, um mir einen Platz anzubieten. Auf der Heimreise umschwirrten mich trübe Gedanken und nisteten sich in meinem Kopf ein. Alle meine Versuche Dorothea zu erreichen, scheiterten. Meine Anrufe wurden weggedrückt und Agathe bewachte ihre Wohnungstür wie ein Cerberus. Selbst im Gerichtsgebäude war die Frau Staatsanwältin für mich nicht zu sprechen.

Als ich zuhause ankam, war das Haus dunkel und leer. Statt des gewohnten Begrüßungskusses fand ich eine lieblose Notiz: Übernachte bei Purrers. Alles, was meine Heimkehr bisher liebenswert machte, fehlte heute. Die Heizung war herabgedreht, die Gartenbeleuchtung ausgeschaltet, der offene Kamin ohne Feuer wirkte wie ein dunkles Loch, und im Kühlschrank fand ich eine einsame Wurstscheibe neben einer trockenen Käseecke. Das Bettzeug meiner Frau befand sich im Gästezimmer, vor der Waschmaschine lag ein Berg mit schmutziger Wäsche, der aussah wie ein Maulwurfhügel auf einer glatten Rasenfläche.

Mir war kalt, ich drehte die Heizung hoch und verließ das ungastliche Haus, um mein Abendessen im Restaurant einzunehmen. »Der Weißwein ist warm, ich hatte doch keinen Glühwein bestellt«, reklamierte ich und bemerkte, dass ich meine schlechte Laune an dem armen Kellner ausließ. Ja, ich gebe zu, dass ich ungehalten bin, wenn ich alleine essen muss. Man glotzt vor sich hin und hofft, dass der nächste Gang bald kommt. Das Kinderzimmer war bei meiner Heimkehr leer. Wo könnte Gustavo sein? Der Junge kann von dem, was er im Kühlschrank findet, sich auch nicht ernähren. Ich sollte ihn zum Essen einladen, eine gute Gelegenheit für ein Gespräch zwischen Vater und Sohn. Ich rief ihn auf seinem Mobiltelefon an.

»Aber Papa, ich bin jedes Jahr am zwanzigsten Februar auf der Geburtstagsfeier von Jens, die Stimmung ist affengeil, und ich werde hier übernachten, das ist alles mit Mama besprochen.« Laute Musik war im Hintergrund zu hören und eine weibliche Stimme, die nach Jens rief. Er legte auf.

Ich hatte keine Eile in das leere, kalte Haus zurückzukehren und nahm noch einen Schlummertrunk im Bistro. Der Wirt hörte sich geduldig meinen Kummer an und bemerkte:»Na, da hast Du dich wohl zwischen alle Stühle gesetzt.«

Als ich heimkehrte in das immer noch kalte und leere Haus, herrschte völlige Stille, die schon fast wehtat. Ich schaltete den Fernseher an und entfachte ein Feuer im Kamin, aber es blieb gespenstisch. Ich fühlte mich wie ein Affe auf einem kahlen Baum, der feststellen muss, dass er grade an dem Ast sägt, auf dem er selbst sitzt.

Ich kam zu der bitteren Erkenntnis, dass ich beide Frauen verloren hatte.

12. Der rasende Weihnachtsmann

Schneefall setzte ein als ich an diesem Dezemberabend durch Berlin stapfte, er legte ein blütenweißes Tuch über die schmutzige Großstadt. Die Flocken tanzten im Wind vor den Straßenlampen, wie Balletttänzer, die über die Bühne schweben, und dämpften den Verkehrslärm. Viele Fenster waren weihnachtlich geschmückt, und auf Plätzen und vor Geschäften waren Weihnachtbäume aufgestellt. Die Fenster leuchteten in einem warmen Licht und gelegentlich konnte ich Frauen beim Backen und Kinder beim Musizieren beobachten. Ich hielt einen Moment inne und ließ diese besinnliche Vorweihnachtsstimmung auf mich rieseln, wie die Schneeflocken.

Die Tusma war eine Organisation, die Studenten kurzfristige Arbeitsplätze vermittelte. Ich war als Weihnachtsmann engagiert und befand mich auf dem Weg zu einer Einweisung für diese segensreiche Tätigkeit. Als ich Kind war, und die Familie sich zur Weihnachtsfeier versammelt hatte, verschwand Onkel Jakob mit der Bemerkung: »Ich schaue nach, wann der Weihnachtsmann zu uns kommt.«

Nach einigen Minuten polterte der Weihnachtsmann herein, der genauso klein, wie Onkel Jakob war und auch seine Schuhe trug. Da hatte ich den Verdacht, unter der roten Kutte steckt nicht der Weihnachtsmann, sondern unser Onkel. Einer solchen Entdeckung wollte ich als bezahlter Weihnachtsmann entgehen und folgte aufmerksam der Einweisung des referierenden Studenten. Er verfügte über Erfahrungen und las aus Briefen der Vorjahre von überraschten, teilweise enttäuschten Eltern:

Er schärfte uns ein: Der perfekte Weihnachtsmann benutzt Stiefel, keine Turnschuhe, er trägt eine rote Kutte und keinen blauen Bademantel, er setzt einen langen Flachsbart ein und keine Pappmaske mit Chinesenbart, er führt eine Rute bei sich und keinen Teppichklopfer, und schließlich verteilt er Geschenke aus einem Jutesack und nicht aus einer Aldi Plastiktüte. Wer die vorgebrachten Empfehlungen beachtete, mit tiefer und vertrauenserweckender Stimme sprechen konnte, hatte gute Chancen als Weihnachtsmann zu überzeugen.

Auf meinem Programm standen die Adressen von sechs Familien. Ich fuhr die Strecke am nächsten Tag ab und führte Vorgespräche mit meinen Auftraggebern. Bei allen sollte der Weihnachtsmann um siebzehn Uhr erscheinen, nur war das gleichzeitig bei sechs Familien nicht möglich. Ich plante eine Route mit möglichst kurzen Wegen, kalkulierte fünfzehn Minuten pro Besuch plus zehn Minuten Fahrzeit ein und versuchte, die so ermittelten Termine meinen Gesprächspartnern schmackhaft zu machen. Der erste Besuch war für sechzehn Uhr geplant, der letzte für achtzehn Uhr. Meine Freundin Helena war Krankenschwester und hatte Weihnachten die Spätschicht übernommen, um Kolleginnen mit Kindern eine Familienfeier zu ermöglichen. Unsere eigene Weihnachtsfeier konnte daher erst um zweiundzwanzig Uhr beginnen, und ich hatte viel Zeit für meine Besuche.

Der Flachsbart wurde gekauft, die rote Kutte lieh ich mir aus, Fellstiefel waren vorhanden, aus Haselnusszweigen band ich eine Rute und besorgte mir einen Jutesack, meine Ausrüstung fand ich perfekt. Wahrscheinlich war ich an diesem Weihnachtsabend aufgeregter als die Kinder, die ich besuchte.

Mein erster Besuch galt zwei Brüdern, drei und fünf Jahre alt. Der Vater machte einen nervösen Eindruck und verlangte von mir eine Quittung für das Finanzamt. Unwillig hatte er den Weihnachtsmann engagiert, um die Forderung seiner Ehefrau zu erfüllen, die sich schützend vor die Kinder stellte und ihnen Mut machte bei dem strengen Vater. Die beiden Brüder betrachteten mich, aus sicherer Entfernung hinter dem mütterlichen Rock, mit ängstlichen und respektvollen Augen und beantworteten meine Frage: »Wart ihr alle brav?«, gleichzeitig mit einem devoten, langgezogenen: Jaaa. Die aufwendig verpachten Geschenke, die ich aus dem Sack holte, konnten diese traurigen Kinderaugen nicht erhellen.

Auf der Straße war es inzwischen fast dunkel und beim zweiten Besuch lag ich noch genau im Zeitplan. Im Wohnzimmer waren zwölf Personen versammelt. Die Heizung und Kerzen sorgten für Wärme, Kameras surrten, Blitzlichter zuckten, aus der Stereo-Anlage erklang das Weihnachtsoratorium. Die drei Kinder betrachteten mich mit Neugierde und gespannter Erwartung. Mir lief der Schweiß über die Stirn und tropfte von der Nase auf das Kinn. Ich hatte in der einen Hand die Rute und in der anderen den Jutesack und konnte die kitzelnden Tropfen nicht abwischen. Der Älteste sagte ein Gedicht auf, dann beschenkte ich die Kinder, aber auch für alle anderen im Raum waren Geschenke in dem Sack, die verteilt sein wollten. Das nahm Zeit in Anspruch. Als ich mich endlich zurückziehen durfte, drängte mir das Familienoberhaupt einen Schnaps auf, den ich zurückweisen musste, und übergab mir einen Geldschein. Dann kam Onkel Franz hinzu und wollte auch ein Gläschen mit dem Weihnachtsmann trinken und ihn für seine Dienste entlohnen. Das war dem Vater nicht Recht. Nach längerer Diskussion, steckte Franz seinen Schein in meine Kutte. Ich rannte zu meinem Auto, denn mein Zeitplan war schon um fünfzehn Minuten überschritten. Auf der Straße kam mir ein Kind an der Hand seiner Mutter entgegen und betrachtete mich entgeistert: »Mama, sieh den rasenden Weihnachtsmann, der hat keinen gemütlichen, von Rentieren gezogenen Schlitten, der rennt und fährt Auto!«

Bei meinem nächsten Besuch schritt ich auf einem Kiesweg zu einer Villa, ein Hausangestellter öffnete und führte mich in einen Vorraum. Er übergab mir stumm das Honorar und geleitete mich in den Salon. Dort erstrahlte ein gewaltiger, mit Kugeln und Lichtern überladener Weihnachtsbaum, der in einem Meer von Geschenkkartons zu baden schien. Ein schmales, hohlwangiges Kind versuchte sich durch diese Geschenkmassen durchzuarbeiten und sah mich hilfesuchend an. Alle Haare waren ihm ausgefallen, die tiefliegenden Augen waren weit aufgerissen und strahlten Lebenshunger und Tristesse aus. Er ahnte, dass er das nächste Weihnachtsfest nicht mehr erleben würde. Sein Blick ruhte auf mir, wie auf einem Kumpel, der Kontakte zum Jenseits hatte, und sein dünnes Stimmchen erhob sich: »Nimmst du mich mit in den Himmel?« Seine Eltern saßen schweigend im Hintergrund, hielten sich bei den Händen und zuckten zusammen bei dieser Frage.

»Ich komme zur Erde, um den Kindern Freude zu schenken. Der Himmel kann warten«, log ich besänftigend. Die drückende Stimmung des Abschieds, die sich in diesem Haus ausgebreitet hatte, erfasste auch mich. Meine himmlischen Worte konnten hier keinen Trost spenden.

Verschwitzt und traurig eilte ich zur vierten Familie, jetzt schon mit einer halben Stunde Verspätung. Die Wohnung befand sich im sechsten Stock und es dauerte lange, bis der Fahrstuhl kam. Das Einzelkind Laura wurde von ihren Eltern, dem Onkel, der Oma sowie zwei Tanten eingerahmt, die alle erwartungsvoll auf das Kind blickten. Laura leierte fehlerfrei ein Gedicht herunter von einer kranken Puppe, für die sie eine Suppe gekocht hatte, nur bei einem neuen Vers holte sie kurz Luft. Als im zwölften Vers die Puppe endlich gesund wurde, hoffte ich auf ein Ende des Gedichts, vergeblich, es kamen noch vier Strophen, die meine Termine weiter nach hinten schoben.

Mit quietschenden Reifen fuhr ich die nächste Adresse an. »Wo bleiben sie denn, wir haben befürchtet, dass sie uns vergessen haben«, begrüßte mich eine achtzigjährige

Seniorin und führte mich in das riesige Wohnzimmer. Dort saß ihr Sohn im dunkelblauen Nadelstreifenanzug mit weißem Hemd und rotem Schlips und blickte mich ehrfurchtsvoll an. Im Hintergrund dudelte leise Weihnachtsmusik und unter dem sorgfältig geschmückten Weihnachtsbaum lagen zwei Geschenkschachteln.

»Mein Sohn ist zum Verwaltungsdirektor avanciert, aber wir feiern immer noch Weihnachten zusammen, mit einem Weihnachtsmann, wie damals. Das ist doch schön, Michael.«

»Ja, Mami, sehr schön.«

»Ich habe dein Lieblingsgericht Rinderrouladen gekocht, die essen wir Weihnachten immer zusammen.«

»Au ja! Mami.«

»Mami hat die Geschenke besorgt und unter den Baum gelegt, aber der Weihnachtsmann liest uns ein Gedicht vor«, sie gab mir ein aufgeschlagenes Buch, aus dem ich vorlas. Als ich die Wohnung verließ, hörte ich die Fortsetzung dieses bizarren Rituals:

»Ich habe deine Hemden gebügelt, die kannst du morgen mitnehmen.«

»Das ist lieb von dir, Mami.«

Gegen neunzehn Uhr endlich erreichte ich die sechste Familie. Alexanders Vater war von schlichtem Gemüt und konservativer Gesinnung und seine Frau machte sich seine Meinung zu Eigen: »Der Junge hat nur Flausen im Kopf, der soll gehorchen und etwas Anständiges lernen.« Er bestand darauf, dass der Weihnachtsmann seinen Sohn

züchtigen muss und ihm kräftige Hiebe mit der Rute verabreichen sollte. Wahrscheinlich hatte er damit das ganze
Jahr über gedroht, bei seinen fruchtlosen Erziehungsver-
suchen, und wollte diese Drohung jetzt wahrmachen. Mir
fehlte jedes Verständnis für diese damals verbreitete Er-
ziehungsmethode, musste mich jedoch dem Willen des
Auftraggebers fügen.

Der aufgeweckte Alexander betrachtete zunächst meine
Rute, dann sah er mir entschlossen in die Augen: »Das ist
aber schön, dass du auch zu mir kommst! Ich war da
nicht so sicher.«

Ich hatte von den Eltern eine Aufstellung der Sünden
ihres Sohnes erhalten, legte sie in mein rotes Weih-
nachtsbuch und blätterte darin: »Was lese ich hier?«,
fragte ich mit gespielter Empörung, »du bist frech und
machst deine Schulaufgaben schlampig?«

»Es ist wissenschaftlich erwiesen, dass zu viel Lesen
den Augen schadet, und zum Versteckspielen muss ich
gut sehen können«, kommentierte der Beschuldigte und
stemmte dabei beide Arme in die Hüfte.

»In der Schule störst du den Unterricht«, fuhr ich mit
meiner lauten Anklage fort, »warum hast du eine weiße
Maus in die Tasche deiner Lehrerin gesteckt?«

»Es gibt nur Vermutungen über den Tathergang, der
Täter konnte nie ermittelt werden!«

Ich musste meine überirdischen Fähigkeiten ins Spiel
bringen um den Sachverhalt klären zu können: »Warum
hat der Täter so eine putzige, weiße Maus benutzt? Be-
denke, der liebe Gott kann alles sehen.«

»Dann konnte er ja sehen, dass es in der Zoohandlung keine Ratten gab, nur Mäuse.«

»Ich erkenne in dir den Täter. Man muss sich zu seinen Schandtaten bekennen und darf nicht schwindeln. Was hast du dir dabei gedacht?«

Alexander gab seine stolze Haltung auf, machte sich krumm, wie ein Hund, der auf seinen strengen Herrn zu kriecht und berichtete kleinlaut: »Die Maus ist sofort aus der Tasche gesprungen und hat sich in den Schrank gerettet. Die Meckerzicke Lehmann hat Herrn Hilbert um Hilfe gerufen, aber der hatte auch keinen Schlüssel zum Schrank.«

»Man nennt seine Lehrerin nicht Meckerzicke«, unterbrach ich.

»Bei der trifft es leider zu, und sie hat einen riesigen Schreck gekriegt und noch mehr gemeckert. Herr Hilbert wollte die Maus heraus locken, spießte ein Stück Käse auf und kniete sich vor den Spalt der Schranktür. Unsere Lehrer haben ja keine Ahnung vom Tierverhalten, die Maus im Schrank hat sich krumm gelacht, statt zu kommen.«

»Bereust du deine Tat? Würdest du noch einmal dein Taschengeld für einen Streich opfern?«, fragte ich den Sünder um meine Anklage zu beenden.

»Meine Klassenkameraden fanden die Idee lustig und beim nächsten Streich werde ich meine Kosten umlegen. Die angekündigte Klassenarbeit konnte nicht stattfinden, davon haben schließlich alle profitiert.«

Es widerstrebte mir ein so aufrichtiges, pfiffiges Kind zu züchtigen: »Du erhältst den Rutenhieb, weil du geschwindelt hast, nicht wegen deiner Tat«, versuchte ich die aufgezwungene Bestrafung zu rechtfertigen.

Ich legte ihn übers Knie und gab ihm leichte Hiebe. Alexander ließ, als hätten wir uns verabredet, einen Schrei los, bestätigte damit den Vollzug der Bestrafung und rutschte von meinem Knie. Nun, da seine Sünden gesühnt waren, das Konto seiner Verfehlungen wieder auf null gestellt war, interessierte er sich für den Inhalt des Geschenksacks.

Bei dieser Familie fand mein letzter Besuch als Weihnachtsmann statt, und es fiel mir schwer von diesem schlauen Jungen Abschied zu nehmen. Ich hatte das Gefühl, wenn der Weihnachtsmann gute Taten vollbringen kann, dann sollte er dies Kind vor seinen Eltern beschützen und ihnen Erziehungsmethoden eintrichtern, die dem Kindeswohl dienen.

Im Auto zog ich die verschwitzte Kutte aus und legte den juckenden Bart ab, zählte meinen Einnahmen und ging in unsere Stammkneipe. Einige der Tusma Weihnachtsmänner hatten sich hier zu einem Erfahrungsaustausch verabredet. Das Gasthaus war vollbesetzt, ich konnte die einsamen Herzen beobachten, Menschen, die keine Seele auf diesem Erdenrund zum Feiern fanden oder dem Familienrummel entkommen wollten. Sie waren redselig und hatten schon reichlich dem Alkohol zugesprochen. Andere kamen beschwingt, einige genervt von ihrer Familienfeier in die Kneipe. Am Tisch in der Ecke erkannte ich drei Weihnachtsmann-Kollegen und gesellte mich zu ihnen. Sie hatten, genau wie ich, Probleme mit der Termineinhaltung, waren aber alle in bester Stimmung und zufrieden mit ihren Einnahmen. Wir waren beseelt von dem Gefühl etwas geleistet zu haben, Freude gespendet zu haben, erwartet worden zu sein und den gewürdigten Mittelpunkt zu bilden. Einer der bezahlten Weihnachtmänner hatte es offensichtlich nicht verstanden die nach seinem Auftritt angebotenen Schnäpse abzulehnen und konnte seine Erlebnisse nur noch lallend vortragen.

Ich erzählte von dem bizarren Ritual bei der Seniorin, die ihren einzigen Sohn nicht loslassen wollte, und dem liebenswerten, Streiche ausheckenden Jungen, dem ich Rutenhiebe verabreichen sollte.

Mein Freund Peter kam erst verspätet zu uns an den Tisch. Er roch nach Rauch und erzählte aufgeregt: »Als ich in die Wohnung kam, waren keine Kinder zu sehen, nur Oma und Opa standen Hand in Hand neben dem Weihnachtsbaum und blickten mich erwartungsvoll an. Als der Senior begann ein auswendig gelerntes Gedicht mit Mühe vorzutragen, und seine Ehefrau ihn bewundernd anschaute, entzündete eine der Kerzen den darüber hängenden Zweig und in Windeseile brannte ein weiterer Zweig. Geistesgegenwärtig schüttete ich meinen Geschenksack aus und stülpte ihn über die Flammen, nahm die Sofadecke, rannte in die Küche, übergoss sie mit

Wasser und versuchte mit der Decke den Brand zu ersticken.«

»Wie reagierten die alten Leute?«, unterbrach ich Peters Redeschwall.

»Während das Feuer zischte unter der nassen Decke, bildeten sich Dampffähnchen, die nach und nach verschwanden. Opa ließ sich nicht ablenken, er trug weiter sein Gedicht vor und blieb beim dritten Vers hängen. Er schloss die Augen, konzentrierte sich und begann von vorne. Nur Oma zeigte eine Reaktion und betrachtete erst den verhüllten, dampfenden Baum, danach mich und versetzte ihrem Mann einen Rippenstoß. Zunächst langsam, dann entsetzt, erfassten beide die gefährliche Situation und bedankten sich überschwänglich. Mein Sack war dienstuntauglich, aber die himmlischen Mächte hatten in mir einen beherzten Diener, der rechtzeitig eingreifen konnte, um die alten Leute zu beschützen. Mir bescherte der Brand ein üppiges Trinkgeld.«

Ich gratulierte Peter zu seinem heldenmutigen Einsatz, der geeignet erschien, das angeschlagene Ansehen der Weihnachtsmänner aufzubessern. Meine Auftritte als rasender, himmlischer Bote hatten Kraft gekostet, und ich verabschiedete mich, um meine eigene Weihnachtsfeier vorzubereiten. Meine Freundin würde bald ihren Dienst beenden, und bis dahin sollten die Vorbereitungen abgeschlossen sein. Mein selbstgeschriebenes Weihnachtsgedicht las ich einige Male durch, denn ich wollte es auswendig vortragen. Als Helena nach Hause kam, lag mein Geschenk unter dem Weihnachtsbaum, die Kerzen brannten, eine Weinflasche war entkorkt und Glockengeläut war aus dem Radio zu hören. Sie umarmte mich ungestüm und schlüpfte in ihr langes Samtkleid. Ich sah sie gern in diesem figurbetonten Kleid, weil der seitliche Schlitz einen Blick auf ihre schönen Beine ermöglichte. Helena setzte sich ans Klavier und begleitete mit zarten Tönen unseren Weihnachtsliedergesang, dann trug ich mein Gedicht vor:

Weihnachten ohne Christkind

Über uns strahlt ein heller Stern
und verkündet der Christenheit,
es kommt wieder die Weihnachtszeit.
Heiligabend ist nicht mehr fern.

Glocken läuten Weihnachten ein,
Sorgen des Alltags nun enden,
und tausend Kerzen uns spenden
den weihnachtlich, glänzenden Schein.

Würden wir Gott als Schöpfer begreifen,
dann wird Gott in Ewigkeit leben.
Es kann keinen Sohn als Erben geben,
an der Jungfrauengeburt wir zweifeln.

Wie lässt sich Weihnachten neu beleben?
Für den Mehrumsatz des Handels allein,
sollte die Weihnachtszeit nicht entweiht sein,

nach Besinnung und Freundschaft wir streben.

Lasst Licht in dunkler Jahreszeit scheinen,
unsere edlen Seiten bringt zum Klingen,
andern helfen soll Freude uns bringen,
und die Menschheit in Frieden vereinen.

Der Höhepunkt unserer Weihnachtsfeier war das irdi-
sche Paradies, das sich einladend öffnete, es war kein
Einkaufsparadies.

13.Meine Skatrunde

Isabel gab mir einen flüchtigen Kuss auf die Stirn und brach zu ihrem Literaturkurs auf. Sie war mit einer Lesung an der Reihe, hatte den Text mehrfach laut gelesen und war etwas nervös. Heute sollte ein Literaturkritiker an dem Kurs teilnehmen. Ich erwartete, wie jeden Donnerstag, gegen neunzehn Uhr meine Skatfreunde und musste noch die Getränke aus dem Kühlschrank holen, sowie Gläser, Skatkarten und einen Block bereitstellen: »Ich soll dir liebe Grüße von Lars ausrichten.«

»Er soll seine albernen Grüße lassen, ich habe anderes im Kopf. Schau noch einmal nach Julia, ich glaube sie schläft noch nicht«, rief sie und eilte davon.

Lars war der einzige Junggeselle in unserer Runde, er kam auch heute wieder etwas vorzeitig, da er hoffte Isabel noch anzutreffen, die er mehr als verehrte. Er hatte einige Kunstwerke geschaffen, auch die Skulptur, die jetzt auf unserer Vitrine stand. Sie gefiel mir, weil sie Grazie aufwies und eine gewisse Ähnlichkeit mit Isabel hatte. Ich wollte ihm diese Figur abkaufen, aber er weigerte sich hartnäckig mir einen Preis zu nennen, als sei es eine Sünde seine Schöpfung in schnöden Mammon zu überführen.

Moritz traf pünktlich ein und hatte mir ein Buch mitgebracht: Wieviel Karl Marx benötigt unsere Gesellschaft heute? Er war Abgeordneter im Landtag von Brandenburg und ließ selten eine Gelegenheit aus für seine Partei: Die Linke, zu werben.

Ulrich kam auch heute wieder eine viertel Stunde zu spät: »Hallo Erich! Am Potsdamer Platz war einfach kein Durchkommen, ich musste einen Umweg fahren«, erklärte er und setzte sich wie selbstverständlich auf den besten Platz, von dem er in den Garten blicken konnte, und der ihm viel Beinfreiheit bot: »Endlich kann ich meine Beine ausstrecken. Ich trinke heute Spätburgunder.« Er sah das Buch, das Moritz mitgebracht hatte: »Dieser Autor Hirschfeld sollte nach Nordkorea fahren, um den Unsinn, den er anpreist, vor Ort in Augenschein zu nehmen.«

Moritz fühlte sich angegriffen und antwortete gereizt: »In der DDR gab es zwar Überwachung und ein knappes Warenangebot, aber keine Arbeitslosigkeit, wie hier. Ohne Die Linke, hätten die Kapitalisten den Mindestlohn auf einen Euro heruntergefahren, um noch höhere Profite einstreichen zu können.«

»Die DDR-Wirtschaft war so unproduktiv, dass alle, die nicht mit der Überwachung beschäftigt waren, benötigt wurden, um die mängelbehaftete Produktion am Laufen zu halten. Selbst die Fußkranken mussten noch mitarbeiten, aber auch die konnten die Mängel nicht beseitigen«, spottete Lars.

»Das Glück der Menschen liegt nicht in unserer Glitzerwelt auch nicht im Konsumrausch, wie die Werbung es dem Volk permanent vorgaukelt. Und der Unsinn, der von der Werbung verkündet wird, wirkt auch noch steuermindernd. Glück findet man bei einer erfüllten Arbeit, einem gerechten Lohn, einem solidarischen Zusammenleben und der Versorgung mit den Grundbedürfnissen.

Dazu zählt bezahlbarer Wohnraum und keine Luxussanierungen«, verkündete Moritz und wurde dabei theatralisch und laut, als würde er auf einer Parteiversammlung sprechen.

Ulrich klatschte mit der flachen Hand auf den Tisch, um sich Gehör zu verschaffen und blickte dabei wie ein Schullehrer in die Runde: »Weil alle kommunistischen Systeme der Welt nicht in der Lage waren diese Erwartungen zu erfüllen, sondern sich auf eine Verwaltung der Mängel konzentrierten, mussten sie ihre Bürger gewaltsam an einer Flucht hindern und sind schließlich gescheitert, erfreulicher Weise.«

»Ihr wisst, dass in meinem Unternehmen Heizsysteme für die Kraftfahrzeugindustrie hergestellt werden«, griff ich in die erhitzte Diskussion ein, »es ist mein Ziel Gewinne zu erwirtschaften, und ich schäme mich nicht dafür. Am Monatsende erwarten alle Mitarbeiter ihren Lohn und auch die Lohnnebenkosten wollen bezahlt sein, egal wie gut oder wie schlecht es der Automobilindustrie geht. Unsere Sensationspresse greift oft ein Thema auf, das unangemessen ausgewalzt wird, wie jetzt die Feinstaubbelastung durch Dieselfahrzeuge, mit dem Ziel diesen Wirtschaftszweig zu beschädigen.«

»Willst du Verhältnisse wie in Tokio oder Peking haben, wo man nur mit Mundschutz auf die Straße gehen kann?«, krähte Moritz, wie ein Hahn auf dem Misthaufen, der seine Hennen beeindrucken will.

»Sicherlich soll alles sinnvolle, das technisch machbar ist, getan werden zur Reinhaltung der Umwelt. Bei dem

Thema Mobilität schütten wir gerade das Kind mit dem Bad aus, wenn wir die ausgereifte Dieseltechnik verteufeln, eine florierende Autoindustrie kaputtreden und Elektroautos in den Himmel loben.«

Moritz erhob sich und breitete die Hände aus, wie ein Messias, der das Heil verkündet:»Die Lobby der Autoindustrie, die unseren Politikern im Ohr sitzt, hat die Einführung der Elektromobilität lange genug verzögert und dafür gesorgt, dass auch durch Manipulation bei Abgaswerten unangemessen hohe Gewinne erzielt wurden.«

Ulrich erklärte in seiner dozierenden Art, die seinen Sachverstand unter Beweis stellen sollte:»In der Europäischen Union gilt seit dem Jahr Zweitausendfünf ein Tagesmittelwert von fünfzig Mikrogramm pro Kubikmeter Luft. Sicherlich ist Feinstaub in der Lunge schädlich, aber es gibt bisher keine wissenschaftlich fundierten Untersuchungen, welche Konzentration für den Menschen noch verträglich ist, und wann eine Schädigung beginnt. Die Politik hat diesen Wert willkürlich festgesetzt, der zu einem Fahrverbot führen kann.«

Mir fiel eine Zeitungsnotiz ein, die ich vor einiger Zeit gelesen hatte, und die ich zum Besten geben wollte:»In der schönen Stadt Oldenburg wurde ein Fahrverbot für ältere Dieselfahrzeuge verhängt, weil die Feinstaubbelastung zu hoch war. Nur war an dem Tag der Messung kein Diesel unterwegs, da die Stadt für den Autoverkehr gesperrt war, Marathonlauf.«

Lars schmunzelte, empfand unsere Diskussion langweilig und begann mit dem Kartengeben:»Lasst uns Karten spielen und das Thema ein anderes Mal fortführen. Vielleicht haben die emsigen Marathonläufer den Feinstaub aufgewirbelt, es könnte aber auch das Kraftwerk sein oder der Hausbrand? Wir können es nicht ändern.«

Beim ersten Spiel setzte ich aus und schenkte Getränke nach. Ulrich und Moritz passten, Lars machte das Spiel und gewann, wie meistens. Er verfügte über die kürzeste Spielerfahrung, war jedoch ehrgeizig, zählte nicht nur die eigenen Punkte, sondern auch die des Gegners, durchdachte nach jedem Spielzug eine mögliche Kartenverteilung neu und genehmigte sich dafür störend viel Zeit. Lars gewann drei Spiele hintereinander, bevor Moritz entschlossen reizte und das Spiel an sich riss. Oft schweiften seine Gedanken vom Spiel in die Politik ab, immer dann machte der Landtagsabgeordnete Flüchtigkeitsfehler. Er hatte offensichtlich ein gutes Blatt, steckte die Karten um und musste zwei Karten zum Drücken herauslegen, dann lehnte er sich genüsslich zurück und verkündete: »Wir spielen Grand meine Herren, mit meinem Ausspiel, Schneider, schwarz angesagt, da kann euch nur noch der Liebe Gott helfen.«

Ich hatte ein schwaches Blatt ohne Asse und wollte schenken. Zu meiner Überraschung rief mein Mitspieler Ulrich: »Kontra.« Das ist nur sinnvoll, wenn die Überzeugung besteht, dass der Gegner das Spiel verliert, denn die Bewertung des Spiels verdoppelt sich. Moritz spielte mit einer Geste der Überlegenheit seine Karten von oben und erhielt alle Stiche. Als alle zehn Karten gespielt waren, hatte er als Einziger noch eine Karte auf der Hand, weil der Spielmacher nur eine statt zwei Karten gedrückt hatte, das sichere Spiel zählte als verloren. Moritz sah geschockt diese Karte an, wie ein Gespenst, das Schlossbewohner erschreckt.

»Ei, ei, wo kommt denn diese Freikarte her?« spöttelte Ulrich und grinste ungeniert.

»Wer den Schaden hat, braucht für den Spott nicht zu sorgen«, bemerkte Moritz, und seine Verstimmung war nicht zu überhören, weil er einen Hinweis auf nur eine gedrückte Karte, statt eines Kontras, für angemessen hielt. Ulrich liebte es die Regeln konsequent anzuwenden, besonders, wenn ein Vorteil für ihn damit verbunden war.

Um die Stimmung aufzuheitern, erzählte Lars von seiner Reise nach Ghana, wo sein Rotarier Club einen Brunnen für die durstigen Dorfbewohner gebaut hatte: »Der Brunnen war mit einer solarbetriebenen Pumpe ausgerüstet und konnte auch für die Bewässerung der Felder benutzt werden. Er funktionierte hervorragend, bis eine Ziege in den Brunnen stürzte. Der Medizinmann erklärte die moderne Technik sei ein Fluch, habe die Götter erzürnt und werde weiteres Unheil nach sich ziehen. Die Dorfbewohner weigerten sich in den Brunnen zu steigen und den Kadaver zu entfernen, niemand wagte es den Zorn der Götter auf sich zu lenken. An der Versammlung der Dorfältesten durfte ich teilnehmen, und wir beschlossen, dass zunächst die Götter durch das Opfern einer weiteren Ziege beruhigt werden sollten und ich, als Auswärtiger, die Entfernung des Ziegenkadavers vornehmen sollte. Nach meinem mutigen Abstieg in den Brunnenschacht warteten die Dorfbewohner noch einen Tag ab, ob die Götter mich bestrafen würden, dann wurde ich als Held in einem großen Fest gefeiert und durfte einen Löwenzahn am Lederband um den Hals tragen. Ich glaube, seit ich von dem Zahn beschützt werde, habe ich Glück im Kartenspiel.«

Am Ende des Skatabends ergab sich wieder einmal die Rangfolge: Moritz musste an Lars zahlen, Ulrich und ich hielten uns in der Mitte. Ich erinnerte beim Abschied daran, dass wir den nächsten Skat in den Dolomiten in unserer Skihütte spielen werden.

Für die Skireise benutzten wir meinen geräumigen Geländewagen und wechselten uns beim Fahren ab. Bei München gab es einen Stau, aber wir konnten die Hütte noch vor Einbruch der Dunkelheit erreichen und das Gepäck über die vereiste, steile Treppe in unser Quartier befördern. Ich war am ersten Tag mit dem Kochen an der Reihe und servierte eine Tomatenkremsuppe und, als Willkommensgruß aus Bella Italia, Spaghetti rabiat und einen Nizza Salat. Dieses Menü wurde geschätzt und war mit überschaubarem Aufwand zuzubereiten. Nach dem Essen scharten wir uns um den offenen Kamin, Moritz spielte auf der Gitarre Oldies aus unserer Jugendzeit und wir sangen mit Hingabe, soweit die Texte noch im Gedächtnis waren.

Auf der Skipiste kürten wir, wie im Vorjahr, Moritz zu Führer, weil er ein guter Skiläufer war und über hervorragende Ortskenntnisse verfügte. Er hatte nicht nur die

Sonnen- und Schattenseiten der Abfahrten im Gedächtnis, sondern auch die Skihütten mit freundlicher Bedienung und gemütlichem Ambiente sowie die Wartezeiten an den einzelnen Liften. Ulrich war der schwächste Skiläufer der Gruppe, wir mussten Pausen einlegen, damit er wieder den Anschluss finden konnte. Lars fuhr stilistisch sauber Ski, aber seine übertriebene Vorsicht ließ nur ein bescheidenes Tempo zu, und er war froh, dass Ulrich hinter ihm fuhr. Ich wäre gerne zügiger gefahren, aber um die Vorteile einer Gemeinschaft genießen zu können, muss man zu Kompromissen bereit sein.

Wir erfreuten uns an den idealen Skibedingungen, es war windstill, die Sonne strahlte aus einem wolkenlosen Himmel, es gab reichlich Pulverschnee und wir hatten keine Wartezeiten an den Liften. Mich faszinierte der Blick auf diese erhabene Alpenlandschaft immer wieder aufs Neue. Die steilen Felsen wirken vor dem azurblauen Himmel wie Zähne eines Raubtiers und die verschneiten Tannen wie die Zipfelmützen von Bergriesen. Die Dörfer schmiegen sich wie Vogelnester in die Täler und die Abfahrt lud zu einer zügigen Fahrt mit aufstöberndem Schnee ein. Der Blick vom Tal auf die Bergstation verdeutlichte, welche Entfernungen der Abfahrtsläufer in kurzer Zeit zurücklegen konnte, für die ein Wanderer einige Stunden benötigt hätte. Gutgelaunt kehrten wir um die Mittagszeit in eine Skihütte ein und erfreuten uns auf der Terrasse am Glühwein und an Germknödeln.

»Wir sollten für Lars einen munteren Skihasen finden, damit er nicht immer alleine in seinem Doppelbett schlafen muss«, spottete Moritz und komplementierte eine platzsuchende Skiläuferin an unseren Tisch.

»Wie beglückend, dass eine so fesche Hüttenbesucherin den Weg an unseren Tisch gefunden hat«, flötete unser Junggeselle und rückte etwas näher an sie heran.

»Wie betrüblich, dass ich an dem Tisch, an dem meine Familie sitzt, keinen Platz mehr finden konnte«, kam die ernüchternde Antwort, sie winkte zu einem Tisch am Ende der Terrasse und rückte von Lars ab. Offensichtlich wirkte der Zauber seines Löwenzahns, der auf dem roten Pullover leuchtete, nur beim Skatspielen, nicht bei der Partnersuche.

Ulrich wurde von einem Unbehagen geplagt, weil er sich als Bremse bei den Abfahrten fühlte. Das versuchte er durch eine Runde Bombardino zu kompensieren. Unser wohlhabender, aber knausriger Spender versäumte es nicht, mehrfach auf seine hohen Ausgaben für diesen beliebten, hochprozentigen Cocktail hinzuweisen, wie es so seine Art war. Seine Sparsamkeit manifestierte sich auch in der Skiausrüstung. Er benutzte Skischuhe, die zwanzig Dienstjahre auf dem Buckel hatten und bei der letzten Abfahrt ihren Dienst quittierten. Sie brachen in einer zügig genommenen Kurve, ohne Vorwarnung, in der Mitte auseinander, beide Schuhe, wie verabredet. Der arme Ulrich musste auf Socken mit den Skiern über der Schulter talwärts laufen, das förderte die Durchblutung und sorgte für tröstende und spöttische Sprüche der Freunde.

»Soll ich dich Huckepack nehmen?«, bot der besorgte Moritz an.

»Hebe die Reste gut auf, der Hersteller ist bestimmt an deinen Schuhen für sein Museum interessiert«, spottete Lars, und ich fragte süffisant: »Ob nach zwanzig Jahren noch die Garantie greift?«

Zähneknirschend musste sich der Fußgänger neue Skischuhe kaufen, die hier viel teurer waren als im Winterschlussverkauf in Berlin. Gebräunt, mit leichtem Muskelkater kehrten wir in unser Quartier zurück. Ulrich eilte als Erster unter die Dusche, er war ein Duschfetischist, der es liebte ausgiebig zu duschen, auch wenn für den Rest der Gruppe dann nur noch lauwarmes Wasser übrig blieb. Moritz war mit dem Kochen an der Reihe und verschwand in der Küche, die anderen versammelten sich zum Skatspielen. Lars erhielt auch hier wieder mustergültige Karten. Als ihm für seinen Grand zwei Buben fehlten, fand er diese im Skat, den er nach dem Reizen verdeckt aufnehmen durfte, und den er uns nun stolz und freigiebig zeigte.

Bei Kerzenschimmer und Barockmusik servierte Moritz seine Kürbissuppe, gefolgt von Schweinelendchen mit einer zarten Knoblauchsoße, Karotten und Kroketten. Als Dessert gab es Tiramisu. Nach dem Abendessen wurde ein Loblied auf den Koch gesungen, wie es Tradition war. Danach war eine Lesung aus Ulrichs Buch vorgesehen, das den Titel trug: Die egoistische Zerstörung unserer Erde. Das Buch ließ sich nur schleppend verkaufen und der Autor wollte Anregungen und konstruktive Kritik aus dem Freundeskreis erhalten. Ulrich trug mit Engagement Auszüge aus seinem Werk vor. Nach der Lesung trat ein längeres Schweigen ein. Niemand wollte durch kritische Anmerkungen die Freundschaft zu Ulrich beschädigen. Als Erster wagte Moritz seine Eindrücke zu formulieren, nachdem er einen kräftigen Schluck Grappa zu sich genommen hatte: »Das Buch greift ein aktuelles Thema auf, ist übersichtlich aufgebaut und ist verständlich geschrieben. Für meinen Geschmack malt es zu düstere Bilder unserer Welt, und mir fehlt ein Lösungsansatz am Schluss.«

»Die aufgeführten Fakten sind erhellend und gut ausgewählt«, ergänzte ich, »die zahlreichen Tabellen finde ich verwirrend, auch für ein Sachbuch. Ich würde die Ergebnisse verbal zusammenfassen und einige Tabellen in den Anhang verschieben.«

Ulrich nickte zaghaft und sah nun erwartungsvoll auf Lars: »Du benutzt oft Tabellen und Berichte von Umweltschutzverbänden. Ich glaube, dass diese Informationen übertrieben, zu mindestens tendenziös sind, weil damit die eigenen Argumente gestützt werden sollen. Ich frage mich bei Statistiken immer: Wer hat sie in Auftrag gegeben und für welche Interessen steht der Auftraggeber? Als Leiter des Instituts für Lebensmittelchemie erhalte ich regelmäßig Angebote zu hochdotierten Gefälligkeitsgutachten. Der Auftraggeber nennt das gewünschte Ergebnis, und der Gutachter soll es mit schöngerechneten Zahlen und wissenschaftlich klingenden Kommentaren garnieren. Forschung ist dabei völlig entbehrlich.

Einige Kollegen werden bei dem angebotenen Honorar schwach und dann entsteht so ein Gefälligkeitsgutachten.«

»Traue keiner Statistik, die du nicht selbst gefälscht hast«, bestätigte ich seine Ausführungen, »ich halte auch die Statistiken über die Feinstaubbelastung in Deutschland für übertrieben, da ist von Hundertzwanzigtausend vorzeitigen Todesfällen im Jahr die Rede. Die Zahlen basieren oft auf Vermutungen, die sich auf Schätzungen stützen, und durch der Wahrscheinlichkeitsrechnung ergänzt wurden. Unstrittig ist, dass die Industrie und die Landwirtschaft viel stärker zur Feinstaub- und CO_2-Belastung beitragen als der in der öffentlichen Diskussion verteufelte Diesel.«

Ulrich fühlte sich verpflichtet die Thesen seines Buches durch ein Beispiel aus der Praxis zu verdeutlichen: »Wir sind sehr komfortabel in deinem allradgetriebenen SUV durch den Schnee hergekommen. In mehr als neunzig Prozent der Fälle sitzt du jedoch alleine in diesem zweieinhalb Tonnen Dinosaurier, der von mehr als dreihundert Pferdestärken angetrieben wird und schlecht in ein Parkhaus passt. Wenn wir den Klimawandel bekämpfen wollen, müssen wir uns an die eigene Nase fassen und auf diese Verschwendung verzichten, auch wenn sie uns Spaß bereitet.«

»Die viel gepriesenen Elektroautos mögen in Großstädten zur Feinstaubreduzierung beitragen«, schaltete sich Lars ein, »aber volkswirtschaftlich betrachtet, muss die gesamte Ökobilanz einbezogen werden, auch der CO2-

Ausstoß, von der Stromerzeugung und Herstellung der Batterien bis zu ihrer Entsorgung, und dabei schneiden nur leichte, kleine Elektrofahrzeuge besser ab als der Diesel. Wenn unsere Wirtschaft Mobilität erforderlich macht, kommen wir derzeit am Diesel nicht vorbei.«

»Wir müssen den Ressourcenverbrauch einschränken und umdenken. Der Grundsatz, ich habe die Lizenz etwas zu verbrauchen, nur weil ich es bezahlen kann, gilt nicht mehr. Lebende Schweine sollten nicht durch halb Europa gekarrt werden, nur weil irgendwo eine Schlachtprämie lockt. Der Wochenendflug nach Hongkong, um billiger einzukaufen, darf nicht mehr stattfinden. Die Geschäftsreise nach Paris könnte durch eine Video-Schaltung ersetzt werden…«

Moritz meldete sich energisch zu Wort: »Lasst uns diese Diskussion ein anderes Mal fortführen. Wir wollen morgen in das Skigebiet um die Marmolata fahren und müssen früh aufstehen.«

Auch am nächsten Tag strahlte die Sonne. Wir schaukelten uns auf Skiern durch mehrere Täler und über Gipfel und erreichten verschwitzt um die Mittagszeit die Talstation der Gondel zur Marmolata. Der obere Teil der schwarz eingestuften Abfahrt führte über einen Gletscher, der ein Skifahren auch im Sommer ermöglichte. An den steilen Stellen klagten Lars und Ulrich und klemmten sich dicht hinter Moritz, ich bildete die Nachhut. Es war ein schöner, aber auch anstrengender Skitag, mein Muskelkater verstärkte sich.

Bei der Rückkehr in unsere Hütte waren wir erschöpft und freuten uns auf das Abendessen, das von Lars zubereitet werden sollte. Er hatte ein chinesisches Überraschungsmenü angekündigt und dafür eigens dünnwandige Schälchen und Stäbchen mitgebracht. Wir wussten, dass unser Freund Fertiggerichte in der Mikrowelle erwärmen konnte, aber seine Kenntnisse beim Zubereiten von Speisen waren bescheiden, und wir warteten mit Spannung auf sein Überraschungsmenü. Während ich das Skatspiel vorbereitete, waren Flüche aus der Küche zu hören, es dampfte und zischte vernehmlich, und es roch nach scharfen, exotischen Gewürzen. Als Schwaden in das Wohnzimmer drangen, wurden wir unruhig, und als der Rauchmelder mit einem schrillen Pfeifen auf sich aufmerksam machte, sprangen wir in die Küche. Selbst Ulrich unterbrach seine Duschorgie und eilte mit einem Föhn herbei. Dem Nachbarn, der mit einem Feuerlöscher in der Tür stand, bot sich ein erheiterndes Bild: Ulrich stand nass und nackt auf einem Stuhl und versuchte mit dem Föhn die Rauchschwaden vom Rauchmelder zu vertreiben. Lars und Moritz hielten rauchende Pfannen zum Abkühlen aus dem Fenster, und ich versuchte die übergelaufene Sojasoße von dem Herd zu entfernen.

Moritz war der erfahrenste Hobbykoch der Gruppe und mit seiner Hilfe konnten große Teile des Überraschungsmenüs gerettet werden, das heute seinem Namen alle Ehre bereitete. Wir versuchten, ohne viel Erfolg, mit Stäbchen die angebrannten Fleischstücke aus den Schalen zu manövrieren und in den Mund zu schieben. Das nahm einige Zeit in Anspruch, und da alle hungrig waren, wurde das verunglückte Menü als wohlschmeckend empfunden. Jedoch wurde auf das übliche Loblied für den Koch heute verzichtet.

Wir fühlten uns in der Gruppe wohl, weil wir es verstanden, die Marotten der Einzelnen zu tolerieren, sie als zwar lästig aber auch als liebenswert zu empfinden. Lars würde die Isabel des Freundes vernaschen, wenn er eine Möglichkeit dazu hätte, das ist unmoralisch. Ulrich ist nicht bereit seine Duschorgien einzuschränken, um den anderen warmes Wasser zu überlassen; dass ist egoistisch. Moritz schränkt seine Missionstätigkeit für Die Linke nicht ein; das ist aufdringlich, und ich kränke manchen mit meiner lauten, aufdringlichen Art; das ist lästig und beleidigend. An seinen schlechten Charaktereigenschaften sollte jeder arbeiten. Aber niemand über vierzig ist fähig und willig sich wirklich zu ändern und hofft, dass er trotz seiner Fehler akzeptiert und geschätzt wird. Wie köstlich ist es einen Freund am Busen zu halten und mit ihm zu genießen. Wem das nicht gelingt, der bleibt ein bedauernswerter Eremit, ohne Erleuchtung. Keiner in der Gruppe versuchte dem Anderen gegenüber Überlegenheit zu beweisen, jede Art von Beleidigung wurde vermieden. Diese Haltung ermöglichte auch in diesem Jahr wieder einen harmonischen und glücklichen Skiurlaub, trotz einiger Pannen.

14.Die fordernde Tochter

»Wenn wir heute die Stromrechnung nicht bezahlen, sitzen wir morgen im Dunklen«, schrie meine Mutter als Papa nach Hause kam und warf ihm die Rechnung vor die Füße. Immer wenn es Streit gab, verkroch ich mich schnell mit meinen beiden älteren Brüdern ins Kinderzimmer und ließ die Tür einen Spalt breit offen. Meine Eltern stritten sich oft, unsere Mutter war enttäuscht über die Unzuverlässigkeit meines Vaters und das permanente Finanzdesaster, und er war verzweifelt über ihre ständige Unzufriedenheit und das tägliche Genörgel. Papa war Musiker und Klavierstimmer, immer wenn ein Kunde seine Rechnung bezahlte, warf er unsere offenen Rechnungen in einen Karton, schüttelte ihn kräftig und angelte eine heraus, die dann bezahlt wurde. Ich musste ihm dabei immer die Augen zuhalten, dabei kam ich mir wichtig vor, er lachte und kitzelte mich mit der herausgefischten Rechnung am Bauch.

Meine Mutter interessierte sich nur für meine beiden Brüder und war mit mir, dem Nachkömmling, völlig überfordert. Sie wollte mich sicherlich nicht, jedenfalls hat sie nie um mich gekämpft. Noch bevor ich in die Schule kam, wurden meine Eltern geschieden, und der Richter fragte mich bei welchem Elternteil ich wohnen wollte. Die Antwort war für mich klar, ich wollte zu meinem Vater. Wir überließen die Wohnung den drei anderen und zogen in die Zimmer, die sich hinter seiner Klavierbauerwerkstatt befanden. Ich hatte ein großes

Kinderzimmer und meinen Papa für mich allein! Die Zimmer haben wir gemeinsam renoviert und möblierten sie mit Möbeln, die uns Freunde überließen, oder die vom Sperrmüll stammten. Mein Bett hatte schmiedeeiserne Verzierungen, wie das Bett von Oma, und die Küchenmöbel waren noch aus Holz, Papa mochte Pressspan nicht.

Die Schule machte mir Spaß und meine Versetzung in die zweite Klasse war problemlos. Karin wurde bald meine beste Freundin. Ihr Vater war ein strenger und konsequenter Geschäftsmann, der dafür sorgte, dass seine Anordnungen eingehalten wurden. Karin musste nach der Schule immer direkt nach Hause gehen, während ich durch die Gassen schlenderte und mein Taschengeld verpulverte. Karins Papa konnte auch lustig sein, jedoch auf mich wirkte dieser Riese bedrohlich. Mein Vater war ein pummliges Weichei, der sanftmütig alles hinnahm und hoffte, dass seine Kunden ihn irgendwann bezahlten, ohne einen Rechnungsausgleich einzufordern. An manchen Tagen saß er regungslos am Tisch, starrte stundenlang vor sich hin und war einfach nur traurig. Lars war ein kräftiger, unangenehmer Klassenkamerad, der, wie ich, aus einer zerrütteten Familie kam. Er benötigte einen Schwächeren, an dem er sich abreagieren konnte und schuppste und kniff mich. Ich bat Papa mich zu beschützen und diesen Flegel zu Recht zu weisen. Er führte ein freundschaftliches Gespräch mit Lars, das nicht für die geringste Besserung sorgte.

»Du bist ein Weichei und ein Schwächling, der nichts auf die Reihe bringt und die eigene Familie nicht ernähren kann, der nicht einmal dem kleinen Lars Respekt einflößen kann«, schrie ich ihm ins Gesicht, dabei wählte ich absichtlich die Worte, die auch meine Mutter beim Streiten benutzt hatte. Ich hoffte, er würde mir eine Ohrfeige geben oder sonst eine heftige Reaktion zeigen. Ich wünschte mir einen starken Vater, an den ich mich anlehnen konnte, aber er antwortete nur demütig: »Da hast du nicht ganz unrecht, und das macht mich manchmal traurig. Wir alle müssen mit den Eigenschaften leben, die wir empfangen haben. Es ist unmöglich aus einer Schildkröte ein Rennpferd zu machen.«

Auch wenn unsere Bleibe alles andere als luxuriös war, die Heizung bestand aus einem gusseisernen Ofen und bei Regen war unser Domizil nur mit Stiefeln zu erreichen, fühlte ich mich dort wohl. Ich verbrachte einen Teil meiner Zeit mit meiner Clique in der geräumigen Werkstatt und vermisste meine Mutter und die Brüder nicht. Papa war tagsüber bei seinen Kunden und an manchem Abend gab er ein Konzert. Zu einigen Konzerten nahm er mich und Karin mit, und ich war stolz auf meinen Vater, wenn Lautsprecher unseren Namen verkündeten, die Scheinwerfer ihn anstrahlten und die Zuhörer applaudierten, wie bei dem Auftritt eines Königs, der den Thron bestieg.

Ich hatte viel Freiraum meine Zeit selbst einzuteilen, meistens hing ich ziellos herum. Wenn ich von der Welt wieder einmal enttäuscht war, musste ich mir etwas Gutes antun und kaufte mir Süßigkeiten, Chips oder spendierte mir einen Hamburger, da ich zum Kochen zu faul war. Meine sportlichen Aktivitäten schliefen ein und meine Figur wurde immer draller, und ich mochte meinen fetten Körper nicht mehr.

Nach Abschluss der vierten Klasse wechselte ich auf die Realschule. Ich sollte, nach Papas Wünschen, das Gymnasium besuchen, aber die Schule interessierte mich wenig und meine Noten waren zu schlecht dafür. Es wäre mir auch zu anstrengend gewesen. In dieser Zeit beunruhigte mich die Beobachtung, dass mein einzig verbliebenes Familienmitglied oft erst spät abends heimkehrte und einen bisher nicht gekannten Lebenselan zeigte. Es war zu befürchten, dass er auf den Schwingen der Liebe schwebte und eine Nebenbuhlerin meinen König in ihre Fänge bringen wollte. Ich wünschte meinem Vater alles Glück auf der Welt, aber ich wollte ihn für mich allein haben, und eine andere Frau war dabei so entbehrlich, wie eine gefährliche, ansteckende Krankheit. Ich suchte heimlich in seinem Notizbuch und stieß auf einen Namen, der mir unbekannt war, aber verdächtig vorkam. Sie hieß: Anneliese Küfer, war Geigerin in einem Orchester und wohnte in unserer Gegend. Wenn sie Geige spielte, brauchte sie keinen Klavierstimmer. Aber was wollte diese unbekannte Circe vom meinem Vater? Ich musste diese mysteriöse Frau aus der Reserve locken und rief sie mit verstellter Stimme aus einer Telefonzelle an: »Guten Tag, mein Name ist Schuster. Ich rufe sie von den Stadtwerken an und möchte gern Herrn Küfer sprechen.«

Es war ein Schlucken zu hören: »Einen Herrn Küfer können sie hier nicht erreichen, kann ich ihnen weiterhelfen?«

Ihre Stimme klang kalt und überheblich: »Wer ist Eigentümer des Anwesens, es geht um ihren Wasseranschluss.«

»Ich bin die Eigentümerin, warum interessieren sie sich dafür?«

Diese Schlange verfügte über ein eigenes Haus und war unverheiratet und suchte sicherlich einen Kerl, dachte ich und wollte das Gespräch beenden: »Ihre Wasseruhr müsste erneuert werden, wir melden uns, wenn wir einen Termin haben, guten Tag.«

Mein Verdacht hatte sich erhärtet. Ich war entsetzt, rannte nach Hause und versuchte mich mit einem Joint zu beruhigen. Einige in unserer Klasse hatten schon Haschisch ausprobiert und ich war neugierig darauf. Mein Klassenkamerad Peter war scharf auf mich und besorgte mir den Stoff, aber er wollte einen Kuss dafür haben. Karin hatte mir das Streicheln, Umarmen und Küssen so blumenreich beschrieben, ich empfand es als eine glitschige Angelegenheit.

Heute war eine Gelegenheit diesen Joint zu rauchen und Vaters Rotwein zu kosten. Es dauerte eine gewisse Zeit, bis sich eine Wirkung einstellte. Mir erschienen alle Gegenstände größer, die Farben kräftiger, ich ging wie auf Watte und musste mich hinsetzen, um nicht umzufallen. Am nächsten Tag hatte ich einen Brummschädel und verspürte keine Lust in die Schule zu gehen. Die erforderliche Entschuldigung unterschrieb ich selbst, und niemand hat etwas gemerkt.

Einige Tage später, beim Abendessen, druckste Papa herum, wie es seine Art war, wenn er etwas Unangenehmes verkünden musste. Er ging im Zimmer auf und ab, wie ein Tiger im Käfig: »Deine Mutter und ich sind seit vielen Jahren getrennt. Beim Musizieren habe ich eine Frau kennengelernt, die mir gefällt. Sie heißt Anneliese und ich möchte, dass du sie kennenlernst. Ich werde sie zu uns einladen, vielleicht gefällt sie dir auch.«

«Wenn du mit ihr geschlafen hast, will ich dieses Flittchen gar nicht kennenlernen«, provozierte ich trotzig und trug das Geschirr in die Küche.

Er lief mir hinterher: »Nein, nein, wir musizieren nur zusammen. Sie spielt auch in einer Rock-Band, die musst du unbedingt hören.«

Am nächsten Tag, pünktlich um zwanzig Uhr, fuhr ein protziger, funkelnagelneuer Geländewagen vor, und Anneliese klingelte zwei Mal, nach dem Motto: Hoppla, jetzt komme ich. Sie war schlank, trug ein blaues Kostüm, hatte ihr brünettes Haar zu einem Dutt geknotet und blickte mich neugierig über eine randlose Brille an: »Guten Tag, du musst Nadja sein, Carl hat mir schon viel von dir erzählt.«

Anneliese wirkte nicht so überheblich, wie am Telefon, aber es störte mich, dass sie Papa vertraulich: Carl, nannte. Ich hoffte, sie würde meine Stimme aus dem Telefonat nicht wiedererkennen und antwortete mit erhöhter

Stimme: »Bei ehrlicher Betrachtung gibt es da nicht viel Gutes zu berichten! Haben sie kein anderes Thema?«

Sie überreichte mir einen teuer verpackten Pullover: »Ich hoffe er gefällt dir. Für deinen Vater wirst du immer das wichtigste Thema sein.«

Diese weitsichtige Erkenntnis hat dir wohl ein Psychologe eingetrichtert, dachte ich, aber ich fragte scheinheilig: »Haben sie eigene Kinder?«

»Nein, ich war nie verheiratet«, antwortete sie, als könnten nur Verheiratete Kinder bekommen.

Ich versuchte unsere Besucherin den ganzen Abend über zu schockieren, aber sie antwortete geschickt und ließ sich nicht provozieren. Schließlich lockte mich diese listige Verführerin mit einem Rock-Konzert, für das ich mich brennend interessierte. Im Rahmen des Stadtfestes lief unter dem Motto: Classic meets Rock, eine schon lange ausverkaufte Premiere und Karin und ich durften in der ersten Reihe sitzen, weil Anneliese Geige spielte und Freikarten hatte. Das war ein geiles Konzert und, es fällt mir schwer das einzugestehen, die Geigerin gab auf der Bühne eine sehr gute Figur ab.

Als der Holzvorrat für unseren Ofen erschöpft war, und die Nächte kälter wurden, zogen wir in Annelieses Haus. Von meinem Kinderzimmer aus konnte ich in den Garten sehen, und mein Schulweg hatte sich auch verkürzt. Unsere neue Bleibe war komfortabel, die Heizung wurde über Thermostate geregelt, für dreckiges Geschirr gab es eine Spülmaschine und für unsere schmutzige Wäsche standen Waschmaschine und Trockner zur Verfügung.

Mich störte es jedoch, dass alles penibel sauber gehalten werden musste, mein Papi schwänzelte meist um Anneliese herum, ich spielte eine Nebenrolle und musste auch noch mit anhören, wie sich die Beiden nachts liebten. Also lud ich Peter ein und wir betrieben auch Sex. Als Anneliese davon erfuhr, war sie erbost, hielt mir einen langen Vortrag über Verhütung und Promiskuität und wollte mir Kondome besorgen, von denen ich schon längst einen eigenen Vorrat hatte. Ständig erzählte sie mir, was ich zu tun und zu lassen habe und spielte sich als Ersatzmutter auf. Ihre Erziehungsversuche und ihre endlosen Vorträge über gesunde Ernährung gingen mir tierisch auf die Nerven.

Im Frühling gingen beide mit dem Orchester auf Tournee, und ich sollte das Haus hüten, ihren Hund Gassi führen und brav Schularbeiten machen. Ich zog es vor diese sterile Herberge zünftig einzuweihen und die Puppen tanzen zu lassen. Dazu lud ich meine Clique ein, Peter brachte den Stoff mit, ich spendierte Vaters Rotwein, Karin sorgte für fetzige Musik mit einem Discjockey, und wir tanzten nach Herzenslust ab. Gegen ein Uhr Nachts, als die Stimmung auf dem Höhepunkt war, rief unsere Nachbarin, diese neugierige Ziege, an und beschwerte sich über den Lärm. Als dann noch zwei der kristallenen Weingläser zu Bruch gingen, wusste ich, es wird wieder einmal Ärger geben.

Von der Tournee hatte mir Anneliese eine schicke Mütze mitgebracht, für das Ausführen ihres Hundes Waldi, teilte sie mir dankbar mit. Schon am nächsten Tag brach das erwartete Donnerwetter über mich herein, und Papa stand kleinlaut daneben. Ihre Wohnung sei kein Liebesnest für Haschraucher und Schulschwänzer.

Ich antwortete genauso laut: »Du bist nicht meine Mutter und hast mir gar nichts zu sagen! Deine Erziehungsversuche und deine Ordnungssucht treiben mich in den Wahnsinn.«

»Meine liebe Nadja, du vergreifst dich im Ton! Dies ist mein Haus, und da habe ich zu bestimmen.«

Ihre Schimpftiraden gipfelten schließlich in dem denkwürdigen Satz: »Vergiss nicht, du bist in diesem Haus nur ein Gast.«

Wenn ich hier nur ein Gast bin, wo ist dann mein Zuhause? Ich war schon seit einiger Zeit unglücklich in dem Haus, aber diese krasse Ansage brachte das Fass zum Überlaufen. Ich musste für eine Änderung sorgen! Mein Vater hatte, seit wir hier wohnten, keine finanziellen Probleme mehr und war glücklich mit Anneliese, aber ich war schließlich seine Tochter und war todunglücklich in ihrem goldenen Käfig, den man nur mit Pantoffeln betreten durfte. Ich wollte bei ihm wieder die erste Geige spielen und die alte Rangordnung herstellen, besser noch, diese Gouvernante ganz loswerden. Wenn ich nachts wach im Bett lag, durchdachte ich alle möglichen Varianten: Ich könnte zu meiner Mutter ziehen, damit würde ich mich selbst am meisten bestrafen. Ich könnte heimlich abtauchen und ihnen einen Schock versetzen, dann würde mich, spätestens wenn das Geld verbraucht ist, die Polizei aufgreifen. Ich könnte die Schule abbrechen und als

Au-pair-Mädchen nach England gehen. Dafür war ich mit fünfzehn Jahren noch zu jung. Ich könnte diese Turteltauben abstrafen und Selbstmord begehen und damit ein Zeichen setzen, dazu hatte ich keinen Mut. Ich könnte mir von Peter ein Kind machen lassen und heiraten, dazu hatte ich keine Lust. Zusammenfassend ließ sich feststellen, dass die Möglichkeiten, die sich mir boten, bescheiden waren.

Ich beschloss das volle Risiko einzugehen und meinen Vater vor die Alternative zu stellen: Entweder ich oder Anneliese. Ich wartete, bis meine Nebenbuhlerin zur Musikprobe aufgebrochen war und setzte mich zu meinem Vater auf den Schoß, das hatte ich schon lange nicht mehr gemacht: »Anneliese ist eine gescheite und strenge Person und Ihr versteht euch gut, aber geht ihr Ordnungsfimmel nicht auch gegen deine Natur?«

»In einer Beziehung muss man zu Kompromissen fähig sein.«

»Mich machen ihre ständigen Zurechtweisungen verrückt, ich bin todunglücklich hier und halte das nicht länger aus.«

Papa legte sein Gesicht in Falten und atmete tief durch: »Ich werde das Thema ansprechen, oft hat Anneliese Recht, aber vielleicht sollte sie dir gegenüber sich mehr zurückhalten.«

»Die Hausherrin hat mir klargemacht, dass ich in diesem Haus nur ein Gast bin. Ich frage dich, wo ist dann mein Zuhause? Jeder Mensch braucht ein Zuhause.«

»Mit deiner wilden Party während unserer Abwesenheit bist du zu weit gegangen, und sie war verärgert, und da sagt man oft Dinge, die nicht so gemeint sind. Ich werde mit ihr reden.«

Ich drehte mich zu ihm hin und fixierte meinen Vater: »Ich brauche keine Waschmaschine und keinen Geschirrspüler, aber ein Zuhause, das ich hier nie finden werde, egal wie oft du mit ihr sprichst. Ich muss hier raus, sonst krepiere ich!«

Er erhob seine Hände, wie ein Messias, und kippte dabei sein Weinglas um: »Willst du wieder in die Wohnung hinter der Werkstatt ziehen? Auf mich übt das wenig Reiz aus, ich muss darüber nachdenken.«

»Papa, ich habe dich lieb und du bist meine ganze Familie. Unter Annelieses Fuchtel zerbreche ich, und das will ich nicht. Darum musst du dich entscheiden: Anneliese *oder* ich, beides zusammen geht nicht.«

»Nadja, deine einschneidende Forderung trifft mich unvorbereitet. Gib mir Zeit über die Konsequenzen nachzudenken.« Mein Vater erhob sich schwerfällig und schlich in sein Zimmer, ohne sich um den verschütteten Wein zu kümmern.

Sechs Wochen später waren wir ausgezogen. Die neue Wohnung war klein und befand im vierten Stockwerk, einen Fahrstuhl gab es nicht. Das störte mich alles nicht, ich hatte mich durchgesetzt und fühlte mich befreit. Ich verlebte eine glückliche Zeit in unserem „Storchennest", wie es Papa nannte. Mit der Haushaltsführung, da war ich ihm keine Hilfe, dem kleinlichen Vermieter, seinen säumigen Kunden und der pubertierenden Tochter war mein sensibler Vater auf Dauer überfordert und erlitt einen Herzinfarkt. Das löste einen heilsamen Schock bei mir aus. Jetzt kümmerte ich mich um den Haushalt, kaufte kostenbewusst ein, kochte für Papa und schrieb sogar Mahnungen an seine säumigen Kunden. Trotz meiner Lücken schaffte ich irgendwie den Schulabschluss. Am Krankenbett, mein Vater erholte sich bald, traf ich meine beiden Brüder nach langer Zeit wieder. Es war eine angenehme Begegnung, sie schienen sogar stolz auf ihre Schwester zu sein und betrachteten mich mit bewundernden Blicken.

Ich bin jetzt vierundzwanzig Jahre alt und habe meine Ausbildung als Kindergärtnerin abgeschlossen. Meine Ernährung besteht überwiegend aus vegetarischer Kost, wie es damals Anneliese vorgeschlagen hatte. Ich meide Zucker und Weizenmehl und konnte mein Gewicht von neunzig auf fünfundsechzig Kilo reduzieren. Papa lebt mit seiner neuen Freundin zusammen, die viel besser zu ihm passt als Anneliese. Zu meinem Partner konnte ich ein harmonisches Verhältnis aufbauen, und wir sind mit unserem gemeinsamen Leben zufrieden. Die Arbeit mit Kindern macht mir Spaß, meine Brüder haben Töchter, die zu mir in den Kindergarten kommen. Mein Freund und ich hätten gerne eigenen Nachwuchs, aber ich habe Angst, *dass meine Kinder mir das antun werden, was ich meinem Vater angetan habe.*

15. Die ältere Schwester

Beim Abschlussball der Tanzschule wollte ich hochhackige Schuhe tragen, weil ich für das Tangoturnier eine passende Ausstattung benötigte. Annabel hinkte gerade die Treppe hinauf, und ich rief ihr hinterher: »Kannst du mir heute Abend deine roten Schuhe leihen, für den Abschlussball?«

»Sind die nicht zu groß für dich? Meinetwegen, wenn du mir bei meinem Brief hilfst.«

»Das wird schon gehen, ich stopfe sie vorne mit Watte aus. Na klar, ich helfe bei deinem Brief.«

Meine Schwester hatte sich in Dieter verknallt und wollte ihm ihre Gefühle mitteilen, sie war jedoch im Schreiben von Liebesbriefen ungeübt. Ich konnte diesen Lackaffen nicht ausstehen, der an Annabel wenig Interesse zeigte und fast allen Mädchen den Hof machte, auch mir. Sie hatte sich beim Skifahren den Fuß verdreht und musste drei Wochen lang eine Schiene benutzen. Das verunsicherte meine schöne Schwester, die gewohnt war bewundert und nicht bemitleidet zu werden.

Fast einen Vormittag bastelten wir an ihrem Brief, weil sie immer wieder Ergänzungen hinzufügte. Dann drückte die Schreiberin einen Kuss auf den Umschlag und übergab unser Meisterwerk ihrem Angebeteten, mit einer Geste, als würde sie ihm den Schlüssel zum Paradies anvertrauen. Dieter schob den mit Blumen und Küssen bedachten Umschlag achtlos zur Seite, ohne zu lesen, und schenkte seine Aufmerksamkeit der koketten Sybille.

Ich belegte mit meinem Tanzschulpartner beim Tangowettbewerb den ersten Platz, und Frederik schmiedete Pläne für eine Teilnahme an der Landesmeisterschaft. Mir war mein Klavierkonzert in der Musikakademie wichtiger, und ich hatte keine Zeit bis in die Landeshauptstadt zu tanzen. Das nahm mir Frederik übel, und er hielt Umschau nach einer anderen Tanzpartnerin.

Zu meiner Überraschung stand nach dem Klavierkonzert Dieter mit einem Blumenstrauß vor der Musikakademie, lobte in den höchsten Tönen mein musikalisches Talent und wollte sich mit mir verabreden. Den Blumenstrauß nahm ich, die Lilien gefielen mir, an einer Verabredung war ich nicht im Geringsten interessiert. Zu Hause stellte ich die Blumen in eine Vase und Annabel fragte misstrauisch: »Wer hat dir die Blumen geschenkt?«

»Ein Konzertbesucher«, schwindelte ich, um sie nicht zu beunruhigen.

»Triffst du dich heimlich mit Dieter, gib es zu«, stieß sie erregt hervor.

»Er stand vor der Musikakademie mit den Blumen, ich kann ihn daran nicht hindern. Er wollte sich mit mir verabreden, das kann er sich abschminken. Ich kann ihn nicht ausstehen, das weißt du doch.«

»Du willst ihn mir ausspannen, um mich zu demütigen, er gehört mir«, schluchzte meine unglückliche Schwester, wohl ahnend, dass ihre Behauptung nicht zutreffend war.

Wütend nahm ich die Blumen und stopfte sie in den Mülleimer: »Das hätte ich gleich tun sollen! Hoffentlich begreifst du endlich, wohin ich dein Dieterlein wünsche!«

Eigentlich verstand ich mich gut mit Annabel, wir harmonierten auf Reisen, und ich verdanke meiner älteren Schwester manch hilfreichen Hinweis zum Verhalten von Klassenkammeraden. Nur beim Thema: Dieter, reagierte sie ungerecht und gereizt. Im nächsten Jahr musste sie zum Abitur antreten, aber ihre Chancen waren bescheiden, in Mathe und Französisch war sie jeweils mit fünf vorzensiert, und ich versuchte ihr zu helfen so gut ich konnte. Ich hoffte, es könne gelingen, ihre Defizite zu überwinden, denn ich hatte keine Schulprobleme, aber ihre Lücken waren gewaltig und ihre Auffassungsgabe war begrenzt.

Besorgt beauftragte Mutter, die sich mehr um Annabel kümmerte als um mich, einen Nachhilfelehrer, der jedoch nur wenig ausrichten konnte. Meine Schwester patzte in beiden Fächern bei der Abiturprüfung und machte den Mathelehrer dafür verantwortlich, der sie nicht leiden könne und bei der Prüfung abgestraft hätte.

Sie verließ enttäuscht die Schule, um eine Lehre als Theaterschneiderin zu beginnen, sie war eine enthusiastische Theaterbesucherin. Mutter hatte viele unsere Kinderkleider selbst genäht, das Wirtschaftsgeld war immer knapp, und verstand es ausgezeichnet mit der Nähmaschine umzugehen. Sie unterstützte Annabel nach Kräften, zeigte ihr, wie man aus Modezeitschriften Schnitte ausradeln konnte, aber die Freude am Schneiderhandwerk wollte sich bei unserem Lehrling nicht einstellen. Stattdessen schwärmte sie für den gutaussehenden Regieassistenten, nutzte jede Möglichkeit ihm nahe zu sein, vernachlässigte ihre Ausbildung und begann mit dem verheirateten Mann ein Verhältnis. Die Liaison konnte nicht lange geheim gehalten werden, der Regieassistent wollte seine Frau und die beiden Kinder nicht verlassen. Annabel wollte den Treulosen nicht mehr sehen und brach ihre Lehre ab.

Mein Abi konnte ich mit Auszeichnung bestehen und bekam ein Stipendium an einer Universität in Frankreich angeboten. Ich fühlte mich im elterlichen Haus nicht mehr wohl, meine Mutter schenkte Annabel mehr Zuwendung als mir, vielleicht weil sie davon mehr benötigte, trotzdem schmerzte es mich, weniger geliebt zu werden. Zwischen meinen Eltern traten Spannungen auf, die sich entluden. Meine Mutter huldigte der Religion und engagierte sich ehrenamtlich bei Projekten der Kirche. Meinem Vater war ihre Hinwendung zur Kirche ein Dorn im Auge, er erwartete von ihr eine bezahlte Tätigkeit als einen Beitrag zum Familieneinkommen. Die kalte und herzlose Atmosphäre zu Hause ließ meinen Entschluss reifen das Angebot aus Frankreich anzunehmen.

Dort lernte ich Jaques kennen, wir verstanden uns auf Anhieb, erlebten eine fantastische Zeit zusammen und praktizierten par excellence die deutsch-französische Freundschaft. Seine Eltern hatten ein Ferienhaus an der Cote d'Azur und wir verbrachten den Sommer am Meer. Ich liebte das mediterrane Klima, den Blick von der Terrasse auf das schäumende Wasser mit seinen zahlreichen Booten, genoss Feigen und Artischocken und ließ mich von Jaques als auch vom warmen Wind liebkosen. Mein Studium der französischen Literatur schenkte mir Freude und Erfüllung. Auch hatte ich in meinem Freund einen hervorragenden Literaturkenner, wir tauschten Bücher aus und pflegten einen intensiven Meinungsaustausch über unsere Lieblingsthemen. Jaques Eltern waren Geschäftsleute, die getrennte Interessen hegten, aber, im Gegensatz zu meinen Eltern, liebten und respektierten sie sich, und stellten für mich eine liebenswerte Bereicherung dar. Sie verstanden es, trotz eines gewissen Misstrauens gegenüber dem kriegerischen Nachbarn im Osten, mich mit dem französischen Savoir-Vivre vertraut zu machen und führten mich in die gehobene französische Gesellschaft ein, dazu gehörten auch einige Schriftsteller. Ich genoss das französische Ritual bei den Mahlzeiten mit erlesenen Speisen und Weinen, verpackte meine Kritiken in charmante Beobachtungen, beteiligte mich mit Begeisterung an den leicht erlernbaren, gemeinsamen Strandspielen und lernte mit der Boule-Kugel umzugehen. Die Schwingen der Lebensfreude trugen mich durch diesen berauschenden Sommer. Ich begann eigene Gedichte zu verfassen und bekam Gelegenheit diese, während einer Strand-Party, vorzutragen, sogar mit einigem Erfolg.

In dem darauf folgenden Sommer besuchte mich Annabel mit ihrem neuen Freund Julian, und ich zeigte ihnen meine Lieblingsplätze und führte sie in meinen neuen

Bekanntenkreis ein. Meine Schwester war hingerissen vom Charme, dem Aussehen und dem Lebensstil von Jaques sowie dem Leben am Mittelmeer. Wir verbrachten zwei herrliche Wochen zusammen und waren uns vertraut, wie in alten Tagen. Julian entpuppte sich als ein fröhlicher, aber schlichter Zeitgenosse, der in unserem Kreis etwas verloren wirkte und mit seinen simplen Kommentaren gelegentlich für Stirnrunzeln sorgte. Das konnte Annabel nicht verborgen bleiben, es war ihr peinlich, und die junge Beziehung bekam einen ersten Riss.

Als wir alleine bei einem Glas Rotwein auf der Terrasse saßen, die Männer waren mit dem Boot unterwegs, resümierte meine Schwester bemerkenswert ehrlich über ihr Leben: »Du kannst mit deinem Leben zufrieden sein, alles gelingt dir, mir nicht. Ich hätte gerne eine Portion von deiner Willensstärke und Intelligenz, die bei mir nur in abgeschwächter Form vorhanden sind. Manchmal frage ich mich, ob wir die gleichen Wurzeln haben. Wir haben eine Allianz gegen den rüden, elterlichen Umgangston geschmiedet und verstehen uns gut, aber wir sind grundverschieden. Ich habe manchmal das Gefühl, meine Herkunft liegt im Nebel. Kennst du dieses Gefühl der Unsicherheit auch?«

»Dieser Umgangston stört mich auch, aber unsere Eltern haben uns umsorgt und großgezogen, dafür sind wir ihnen Dank schuldig. Wir sind keine Zwillinge, die Gene werden immer neu gemischt, dabei entstehen Menschen mit unterschiedlichen Eigenschaften, das ist normal. Ich fühle keine Unsicherheit über meine Herkunft und muss schmunzeln, wenn ich bei mir Verhaltensweisen vom Opa Karl entdecke.«

Die Männer kamen mit zwei großen Fischen zurück und wir wechselten schnell das Thema. Die Damen sparten nicht mit Lob an diesem nahrhaften Fang, denn der Mann strebt nach weiblicher Bewunderung, wie das Kind um die Anerkennung der Mutter buhlt. Die Reservierung im Restaurant wurde rückgängig gemacht, und Annabel machte sich fachkundig ans Werk, nahm die Fische aus, entfernte die Schuppen und bestrich die Innenseite mit Olivenöl, Knoblauch, Salz und Zitrone, legte Zwiebelringe ein und bereitete eine Soße vor. Es freute mich, dass sie mir in dieser Disziplin haushoch überlegen war. Vom Kochen verstand ich wenig und das Aufschlitzen und Ausnehmen der Fische war nichts für mich. Jaques und Julian hatten mit dem Anzünden des Grills und dem Tischdecken lösbare Aufgaben übernommen. Gutgelaunt versammelten wir uns um den Tisch und genossen die laue Nacht und die Speisen. Ich habe noch nie einen so gut zubereiteten, schmackhaften Fisch gegessen, wie an diesem Abend.

Die Weihnachtsferien wollte ich bei den Eltern verbringen. Dabei erfuhr ich, dass sich Annabel und Julian getrennt hatten. Meine Schwester hatte bei der Auswahl ihrer Partner keine glückliche Hand. Weihnachten wurde in Frankreich mit Kirchbesuch und gemeinsamen Essen gefeiert, es war weniger feierlich als in Deutschland. Mir fehlten die alten Lieder, der Kerzenglanz und die Besinnlichkeit, daher zog es mich in meine Heimat.

Den Urlaub wollte ich auch nutzen, um noch einige Sachen für Frankreich herauszusuchen, die ich hoffte auf dem Speicher zu finden. Beim Umstellen der Kartons auf dem spärlich beleuchteten Dachboden stieß ich an ein Regal, und eine Blechschachtel fiel vom obersten Fach herab. Durch den Aufprall sprang der Deckel auf, obwohl er durch ein Band gesichert war, und ein Teil des Inhalts rutschte heraus. Ich wollte alles wieder in die Schachtel schieben, dabei erkannte ich, dass es sich um Briefe handelte. Der obere fiel mir auf, da er von Pater Benedikt, der früher im Ort das Pfarramt innehatte, geschrieben und an meine Mutter gerichtet war. Was kann ein Pfarrer einem Gemeindemitglied wohl in Briefform mitteilen, fragte ich mich. Eigentlich liest man keine persönlichen Briefe ohne die Zustimmung der Betroffenen, aber mir stand ein Informationsrecht zu. In dem ausgeglichenen inneren Kampf zwischen Anstand und Informationswunsch, mischte sich noch eine dritte Komponente ein, die Neugier, die schließlich den Ausschlag gab, ich öffnete den Brief mit zitternden Händen:

Meine geliebte Gerda,
du bist für mich der wichtigste Mensch auf dieser Welt, hast mich ungekannte Höhen erleben lassen, und ich danke Gott dafür, dass wir uns begegnet sind. Ich liebe dich aus vollem Herzen und durch unser Kind lässt sich unserer Liebe nicht mehr verheimlichen. Ich sehne mich

nach deiner Stimme, deiner Umarmung und deinem Schoß. Ich habe mich dafür nächtelang gegeißelt, aber ich hatte keinen Erfolg, mein sündiges Verlangen war zu stark, du wirst immer in mir bleiben. Ich habe mein Gelübde gebrochen und musste es dem Bischof beichten. Er stellte mir die Frage, ob ich mich für das Priesteramt geeignet halte. Dabei ist mir klar geworden, wie sehr ich an diesem Amt hänge. In mir reifte die Erkenntnis, dass ich mit meiner ganzen Kraft Gott und der Gemeinde dienen muss, und ich keine Vaterrolle übernehmen kann. Der Bischof hat mir ein neues Gelübde abgenommen, ich darf dich nie wieder sehen, und er hat mich sofort in eine weit entfernte Gemeinde versetzt…

Der Briefinhalt traf mich wie ein Blitz aus heiterem Himmel, das Dokument rutschte mir aus der Hand, ich wankte rückwärts gegen das Regal und rutschte an ihm langsam zu Boden. Brisante Liebesbriefe haben die unangenehme Eigenschaft, dass sie zur Unzeit wieder auftauchen, weil die Empfänger mit Zärtlichkeit an ihnen hängen und nicht die Entschlusskraft besitzen, sie zu vernichten. Aus der halb geöffneten Schachtel grinste mich ein weiterer Brief an, wie ein Teufelchen, das mir den Paradiesapfel hinhält. Auf dem Papier war der Schriftzug meines Vaters erkennbar. Nach der Lektüre des einen, war der Bann gebrochen, und ich öffnete, ohne Zögern, den anderen Brief:

In diesem Brief war die Rede von seiner Traumfrau Gerda, die er gerne heiraten würde, obwohl sie von einem anderen Mann schwanger war. Er wusste also von Mutters Schwangerschaft und akzeptierte, als ihr leidenschaftlicher Verehrer, die gescheiterte Beziehung. Diese bedingungslose Toleranz hatte ich, als Tochter, nie bei ihm wahrgenommen.

Ich saß vor dem Regal und überlegte, wie ich mit dem entdeckten Geheimnis umgehen sollte. Mit mechanischer Bewegung faltete ich die Briefe zusammen und schob sie zurück in die Schachtel, zog das Band stramm und schob sie wieder auf das oberste Regal. Aber mein Umgang mit dem Geheimnis blieb weiter offen. Es war mir ein Rätsel, warum unsere Eltern die Wahrheit seit Jahren verheimlichten oder sogar verdrängt hatten. Ein Kind hat ein Recht zu erfahren, wo es herkommt, losgelöst von den Interessen der Eltern. Für die Missachtung dieses Prinzips mussten beide einen hohen Preis zahlen. Ich bin überzeugt, diese im Untergrund wabernde Lava war die Ursache für die ehelichen Spannungen, daher wollte ich dieses Geheimnis nicht für mich behalten.

In Annabels Zimmer brannte noch Licht, ich schlich mich herein und kroch zu ihr unter die Bettdecke. »Gut, dass du noch nicht schläfst. Ich muss dir von einem Geheimnis berichten, dass ich eben erfahren habe, es betrifft deine Wurzeln. Als ich auf dem Speicher meine Sachen für die Rückreise nach Frankreich zusammenstellen wollte, fielen mir zufällig zwei Briefe in die Hände. Du hast oft an deiner Herkunft gezweifelt, wie sich nun zeigt, zu Recht. Aus den Briefen geht hervor, dass Pater Benedikt dein leiblicher Vater ist, die Kirche hat diese Liebe sofort unterbunden und das schwarze Schaf strafversetzt. Unser Vater wusste davon und hat Gerda trotzdem geheiratet, eine noble Geste.«

»Ein Pater entpuppt sich als mein Vater und kein feuriger Italiener aus dem Urlaub?«, stellte Annabel enttäuscht fest, und nahm die Entdeckung ihrer Herkunft erstaunlich gelassen auf. »Dann ist der Pater vermutlich ihre große Liebe und Vater nur der Geliebte aus zweiter Hand, dem sie Dankbarkeit schuldet, und Dankbarkeit ist kein gutes Fundament für eine Ehe.«

In den nächsten Tagen begann meine ältere Schwester mit intensiven Nachforschungen nach ihrem leiblichen Vater. Sie löste sich aus der mütterlichen Umklammerung, nahm eine Tätigkeit im Verkauf auf und zog in die Wohnung ihrer Freundin. Bei ihrer Suche machte sie die Erfahrung, dass die Kirche ihre Sorgenkinder sorgfältig zu verstecken weiß. Erst nach Jahren, durch einen Zufall, kam sie auf seine Spur und suchte Pater Benedikt, der sich jetzt Pater Bonifatius nannte, in seiner Gemeinde in Vorpommern auf.

»Meine Tochter«, begann der Pater und legte seine Hand, auf ihren Kopf, wie bei einer Firmung, »es hat Gott gefallen, dir den Weg zu dem Sünder zu zeigen, der das Werkzeug bei deiner Entstehung war, aber nie eine Vaterrolle ausfüllen wollte. Gehe deinen Weg unbeirrt weiter, sowie der Diener Gottes seinen Weg weiter gehen muss. In nomine Patris et Filii et Spiritus Sancti, Amen.«

Mit diesem Standardspruch wollte er diese Begegnung schnellst möglich beenden.

Als mir Annabel später von dieser deprimierenden Begegnung erzählte, hatte sie Tränen in den Augen, sie wollte ihre Wurzeln finden, suchte ihren Vater und fand einen familienuntauglichen Gottesdiener, der, ungewollt, ihre Entstehung ausgelöst hatte und jede emotionale Beziehung verweigerte. In der Gemeinde fand sie einige Hinweise zu dem Charakter von Pater Bonifatius, sodass ihre Suche nicht völlig nutzlos blieb.

Ich konnte mein Staatsexamen mit Auszeichnung abschließen und nahm eine Tätigkeit als Lektorin in einem Verlag auf. Jaques wollte mich zu seiner Frau so wie ich ihn zu meinem Mann wollte, und wir haben zwei Kinder zusammen. Als seine Großeltern verstarben, überließ uns die Familie die exklusive Villa am See, die den Kindern viel Freiraum bot und nur zehn Minuten von meinem Arbeitsplatz entfernt lag.

Im Sommer besuchte uns wieder einmal Annabel. Sie sah gut aus, fuhr ein Cabrio, brachte Sven mit, mit dem sie seit drei Jahren zusammenlebte und sprach begeistert von ihrer Verkaufstätigkeit, die ihr ein ansehnliches Einkommen ermöglichte. Meine Kinder spielten im Garten, ich arbeitete mich durch einen Stapel von Büchern, der neben der Gartenschaukel lag, die Sonne glitzerte durch die Blätter des Kirschbaums und die Frösche quakten am

Gartenteich. Jaques versuchte den Rasenmäher in Gang zu setzen. Ich hatte Annabel meine Küche überlassen, sie wollte zusammen mit Sven für uns heute kochen. Als sie zum Essen rief, war alles bestens vorbereitet. Die Suppenschüssel verbreitete einen unwiderstehlichen Geruch nach Tomatencreme, die Lammkoteletts warteten auf vorgewärmten Tellern, und der Salat wurde gerade von Sven angemacht. Die Köchin band ihre Schürze ab und setzte sich entspannt an den großen Tisch. Unser Genießen und das begeisterte Lächeln waren der Lohn für ihre Mühe und Jaques, dieser wortgewaltige Redner, sparte nicht mit Lob.

Nach dem Essen saßen wir Schwestern alleine am Tisch, Annabel strahlte mich an: »Seit ich diesen Pater getroffen habe und meine Wurzeln kenne, fühle ich mich befreit von dem Gefühl der Unsicherheit und plötzlich gelingt mir alles im Leben.«
Meine Kinder kuschelten sich an ihre Tante und schenkten ihr einen selbstgepflückten Blumenstrauß, sie strich ihnen übers Haar und lächelte zufrieden als Sven seinen Arm um sie legte.

16.Am Ende des Weges

Gedankenverloren, auf meinen Stock gestützt, strebte ich mit trüben Gedanken dem Friedhofsausgang entgegen. Unterwegs traf ich eine alte Frau, die mir irgendwie bekannt vorkam. Sie saß auf einer Bank und träumte vor sich hin. »Darf ich mich zu Ihnen setzen?«, fragte ich höflich, denn ich hatte keine Lust so bald in mein leeres Haus zurückzukehren. Sie nickte, und ich setzte mich an ihre Seite. Mir fiel auf, dass sie mich beobachtete, und dann fragte die Friedhofsbesucherin: »Kennen wir uns?«

Ich nahm meine Brille zur Hand und blickte ihr erneut ins Gesicht. Jetzt erkannte ich sie, es war Daggi meine Klassenkameradin, für die ich einst sehr schwärmte und seit der Schulzeit nicht mehr gesehen hatte. Sie war zwar schlank geblieben, aber ihre schönen Augen waren durch dicke Brillengläser entstellt, das Gesicht war, wie meins, faltig und mit Altersflecken übersät: »Ich bin Ferdinand Beckmann aus der Klasse dreizehn B, erkennst du mich? Na, so eine Überraschung nach so langer Zeit! Wie geht es dir?«

»Ich darf nicht klagen. Ich bin oft auf dem Friedhof, seit ich meine einzige Tochter begraben musste, wartet die Gruft neben meinem seligen Mann auf mich.«

Das unerwartete Wiedersehen lenkte mich von meinen trüben Gedanken ab und ich erzählte von meiner Frau, die hier vor drei Jahren begraben wurde: »Katja verstand es mit meinen Marotten umzugehen, hatte weniger Altersgebrechen, aber hat mich oft mit ihren nörgelnden

Anmerkungen über meiner Vergesslichkeit und Schwerhörigkeit genervt. Jetzt vermisste ich ihre Stimme. Hatte ich mit dem Nachbarn Streit, hat sie meine Rechthaberei gemildert, gab es Spannungen mit meinem Sohn, hat sie vermittelt, und wenn ich versucht habe mit dem Verstand zu entscheiden, hat Katja mit ihrem Bauchgefühl eine bessere Lösung hervorgezaubert. Sie war eine glückliche Ergänzung zu meiner Unvollkommenheit, eine Ergänzung, die mir jetzt schmerzlich fehlt.«

»Seit ich meine Tochter zu Grabe tragen musste, frage ich mich, warum ich noch auf Erden weilen muss. Ich sehe keinen Sinn mehr in meinem Dasein und suche Trost in der Religion.«

»Ich kann nicht an einen Gott glauben, der den Gläubigen das Paradies verspricht und sie damit über das Elend dieser Welt hinweg trösten will.«

»Schon in der Schulzeit hast du viel bezweifelt. Glaubst du nicht an ein Leben nach dem Tod?«

»Mit dem Tod stirbt auch meine Seele, und die Reste meines Körpers fließen als Bausteine in ein anderes Gebilde ein und könnten fortleben«

»Daggi deutete mit ihrem Stock himmelwärts: »Schade, dieser hoffnungsarmen Anschauung möchte ich nicht folgen. Ich kenne Menschen, die durch den Glauben an Gott Halt und Trost für ihr Leben gefunden haben und auch einen Lebenssinn.«

»Viele Gleichnisse der Bibel halte ich für hilfreich für unser Zusammenleben. Aus ihnen sprechen humane, von

Lebenserfahrung geprägte Bilder. An eine Auferstehung und ein ewiges Leben kann ich nicht glauben.«

Sie blickte mich mit gütigen Augen an: »Mein Glaube hat seit der Kindheit immer öfter Schiffbruch erlitten und massive Zweifel an manchen Bibeltexten haben sich eingenistet. Dürfen wir deshalb an der Existenz Gottes zweifeln?«

»Glaubst du an ein Jüngstes Gericht und hast du Angst vor dem Tod?«, wollte ich von ihr erfahren.

Meine alte Klassenkameradin dachte lange nach, hob dann entschlossen ihren ergrauten Kopf: »Ich habe sicherlich manchen Fehler im Leben gemacht, die Bibeltreuen würden sie als Todsünden werten. Aber in diesem Leben kann ich sie nicht mehr rückgängig machen, und das Schlimmste ist, ich kann meine Sünden nicht einmal bereuen«, sie lächelte mich an, und ihr Lächeln erinnerte mich wieder an das umschwärmte Schulmädchen, »ich kann nur auf einen verständnisvollen Gott hoffen.«

Der Abend senkte sich über den Friedhof, die Vögel flogen unbekümmert himmelwärts, auch sie schienen nichts zu bereuen. Ich erhob mich langsam und fragte: »Darf ich dich heimwärts begleiten?«

Sie stand auf, griff nach ihrem Stock und hakte sich wortlos bei mir ein.

Auf den Heimweg musste ich wieder an Katja denken, diesmal an ihre Linsensuppe, die sie trefflich zubereiten konnte und jedes Mal meinen Gaumen jubeln ließ. Ja, die Nahrungsaufnahme wird zum Sex des Alters und degradiert die anderen Ereignisse zur Nebensache.

Mein Sohn Manfred besuchte mich regelmäßig, ich erwarte ihn heute und fürchte, dass er wieder versuchen wird, mir den Seniorenstift Abendsonne schmackhaft zu machen. Seit dem Brand in der Küche versucht er mich in ein Heim zu stecken. Ich hatte etwas Öl in eine Pfanne getan, um mir ein Spiegelei zu braten, da klingelte das Telefon. Es war mein alter Studienfreund Roland, der gerade von seiner Kreuzfahrt durch die Karibik zurückkam und mir ausführlich davon berichtete. Ich interessierte mich lebhaft für seine Erlebnisse, denn ich wollte diese Reise mit Katja machen, aber sie hat die Schiffsreise von Jahr zu Jahr verschoben. Als ich in die Küche zurückkam, hatte sich das Fett in der Pfanne entzündet und die Flammen haben die Dunstabzugshaube versengt. Ich konnte den Herd abschalten und das Feuer ersticken. Die Haube habe ich mit einem Handtuch verkleidet, aber Manfred hat den Schaden bei seinem Besuch sofort entdeckt. Ich fühlte mich ertappt, wie ein Kind, das beim Spielen das gute Geschirr zerschlagen hatte.

Die Schwächen des Alters stören mich und sind mir peinlich. Ich versuche sie so gut wie möglich zu kaschieren, auch um meinem Sohn keine Argumente für ein Heim zu liefern. Oft stehe ich im Keller vor einem Regal und habe vergessen, weshalb ich hinab gegangen bin. Vor dem Pinkeln erhöht sich schlagartig der Blasendruck und einige Tropfen gehen vorab in die Hose, weil der Schließmuskel erschlafft ist, daher suche ich vermehrt die Toilette auf und bin unnötig oft mit dem Ein- und

Auspacken beschäftigt. Für Tätigkeiten, die ich früher nebenbei erledigt habe, benötige ich heute einen halben Tag, eine unfreiwillige Entschleunigung. Mein Gehör hat nachgelassen, oft höre ich das Klingeln des Postboten oder des Telefons nicht, und Katja hatte sich regelmäßig über den zu laut eingestellten Fernseher beschwert. Am meisten verunsichert mich ein gestörtes Gleichgewichtsempfinden und die Unzuverlässigkeit meiner Beine, die, besonders beim Wetterumschwung, Schmerzen bereiten und gelegentlich umknicken, der Gang wird hinkend. Beim Klavierspielen folgen die Finger nur verzögert dem Kopf und verhunzen manches Lied. Ich spiele gerne und regelmäßig Skat, leider kann ich mir nicht mehr alle schon ausgespielten Trümpfe merken, das sorgt für den Spott der Mitspieler. Mein Enkel beschwerte sich, dass er meine neueste Erzählung vom Einmarsch der Amerikaner nach dem Zweiten Weltkrieg in unser Dorf, die eigentlich seine Geschichtskenntnisse aufbessern sollte, schon Hundert Mal gehört habe.

Meine Defizite waren nicht zu übersehen und nicht immer zu verstecken, sie hemmten mein Wohlbefinden. Einen gewissen Trost empfand ich beim Besuch einer Freundin im Krankenhaus, die in einem Zimmer mit krebskranken Patienten lag. Die Kranken dort sahen erbärmlich aus und waren in einer hoffnungslosen Lage. Ich empfand Mitgefühl, weil ich ihr Leiden nicht lindern konnte und Dankbarkeit für meine dagegen klein erscheinenden eigenen Gebrechen.

Mit Freude stellte ich fest, dass Altwerden auch einige beglückende Umstände bereithält. Ich kann ausschlafen, nicht nur im Urlaub, und kann meinen Tag, je nach Stimmung, selbst einteilen, ohne jede Pflicht und ohne jeden Zeitdruck. Meine Bedürfnisse sind bescheiden geworden, alle Anschaffungen sind schon getätigt, ich kann mein verfügbares Einkommen gar nicht mehr ausgeben. Die Reserven steigen und erlauben mir einen Teil des Erbes aus warmer Hand zu verteilen. Mein Leben entspannt sich durch eine wohltuende Gelassenheit: Es gibt keine Karriereziele, keine Sorge um den Arbeitsplatz, kein Kämpfen um Anerkennung beim Vorgesetzten, keine Verantwortung für aufwachsende Kinder und keine finanziellen Sorgen. Ich fühle mich befreit von dem sklavischen Buhlen um weibliche Aufmerksamkeit, das ich durch ein entspanntes Betrachten ersetzt habe, so wie man die Flugbahn eines bunten Vogels beobachten kann ohne selbst Fliegen zu müssen.

Auch wenn ich versuche meine Altersschwächen zu verstecken, wird der Tag kommen, an dem ich nicht mehr in der Lage sein werde meinen Haushalt selbst zu führen. Ich kann die Sorgen meines Sohnes nachvollziehen und verspüre trotzdem kein Verlangen in ein Seniorenheim zu gehen, wie die meisten Alten. Dabei würde ich mich fühlen, wie ein erschöpfter Papagei, der freiwillig in einen Käfig fliegt, nur um versorgt zu sein. Und wer möchte sich gerne mit einem müden Papagei vergleichen lassen?

Mein Freund Roland hat sich für das betreute Wohnen entschieden. Er klagt darüber, dass er jeden Tag von alten, senilen und missgelaunten Menschen umringt sei, die, wie er selbst, versuchen den Tag totzuschlagen. Die Betreuung würde oft von wechselnden Hilfskräften erledigt, so dass sich wenig emotionale Bindungen flechten lassen. Seine Beschreibung konnte keine Begeisterung bei mir erwecken.

In einer Illustrierten habe ich von einer Alten-WG gelesen. Diese Wohngemeinschaft besteht sowohl aus rüstigen als auch pflegebedürftigen Personen, so wie aus jungen Familien, die Betreuer für ihre Kinder benötigen. In der Zeitschrift wurde dieser Weg als erfolgversprechend gelobt, vermutlich weil es die Auflage steigert und Potential für Folgeartikel liefert. Wenn dieser Weg mit Erfolg gekrönt würde, könnte ich mir diese Lösung vorstellen. Ob die Alten-WG bei so vielen unterschiedlichen Bewohnertypen auch in Praxis funktioniert, wage ich zu bezweifeln. Man müsste lange suchen um junge Menschen für dieses Projekt zu begeistern.

Ich halte eine individuelle Vollzeitbetreuung für die beste aller Lösungen und auch für durchführbar. Die Kosten würde die Pflegeversicherung teilweise übernehmen, den Rest könnte ich aus meinem Einkommen bestreiten. Es müsste nur eine geeignete Person gefunden werden, möglichst eine, die nicht dauernd wechselt. Vielleicht eine alleinerziehende Mutter, die froh ist, wenn ihr Arbeitsplatz beim Kind ist, und sie könnte in der Einliegerwohnung im Dachgeschoss wohnen. Wenn Manfred das Gespräch wieder auf das Seniorenheim Abendsonne bringt, werde ich ihn bitten eine Betreuerin zu suchen.

Ich bin jetzt dreiundachtzig Jahre alt und darf meinem Sohn nicht die Betreuung aufbürden.

Wenn ich Rückschau auf mein Leben halte, kann ich einen Zyklus bestätigen, der schon in der Bibel mit sieben Jahren angegeben wurde: Mit sieben Jahren begann meine Schulausbildung, mit vierzehn Jahren wurde ich konfirmiert, mit einundzwanzig Jahren wird der Mensch volljährig (voll straffähig) und in diesem Alter begann auch meine Hochschulausbildung, die im achtundzwanzigsten Lebensjahr abgeschlossen war. Mit fünfunddreißig Jahren fühlte ich mich auf der Höhe meiner körperlichen Entwicklung und habe die Rolle des Vaters übernommen. Die erste Brille benötigte ich mit zweiundvierzig, hier fühlte ich, dass mein Körper mit einem Abbau begonnen hatte. Im neunundvierzigsten Lebensjahr begann der zweite Frühling, ich interessierte mich für andere Frauen und stellte mir die Frage, hast du das im Leben das erreicht, was du angestrebt hattest, solltest du einen Neuanfang wagen? Mit sechsundfünfzig gab es keine Karriereziele mehr, und ich bereitete mich auf den Ruhestand vor, an dem ich mich ab dem dreiundsechzigsten Lebensjahr erfreuen konnte. Bei meinem siebzigsten Geburtstag war das Haar ergraut, das Gehör wurde schlecht, und ich fühlte in den Gelenken das Alter, das an mir hing, wie die Ketten an einem Sträfling. Im siebenundsiebzigsten Lebensjahr erlitt die Lebensqualität massive Einbußen: Autofahren war nur noch eingeschränkt möglich und den geliebten Tennis- und Skisport musste ich aufgeben. Man musste lernen loszulassen und Abschied zu nehmen.

Zum Altwerden wird Fügsamkeit gepaart mit Heldenmut gefordert. Ich verbringe meine Freizeit nicht mehr auf dem Tennisplatz im Kreis von Freunden, sondern in den Wartezimmern der Ärzte in Gesellschaft von Kranken. Wir Alten wachsen aus dieser Welt heraus und werden von ihr kaum noch ernstgenommen. Ich weigere mich das schnell veraltende Smartphone zu benutzen oder meine Daten ins Internet zu stellen, weil ich die Bedienung nur unzureichend beherrsche und die Gefahren des Missbrauchs überbewerte. Auch verabscheue ich es, mir dauernd irgendwelche Schnappschüsse und Spots auf diesem winzigen Bildschirmchen ansehen zu müssen.

Um unseren geliebten Haustieren Elend zu ersparen, lassen wir sie einschläfern. Der Mensch hat diese Option bisher nicht, er ist dazu verdammt bis zum bitteren Ende auszuharren. Das ist der Preis für seine Rolle als Krone der Schöpfung. Irgendwann wird die Erkenntnis reifen, dass die Kosten für die Erhaltung des alten Menschen, die von den Beitragszahlern geschultert werden müssen, nicht mehr finanzierbar sind. Oft werden diese teuren Erhaltungsmaßnahmen von den Betroffenen gar nicht gewünscht. Ich habe eine Patientenverfügung unterschrieben, die eine künstliche Verlängerung meines Lebens bei einer unheilbaren Erkrankung verhindern soll. Trotz meiner Beschwerden werde ich mir in meinem Alter kein künstliches Hüftgelenk einsetzen lassen, auch wenn die Klinik diesen lukrativen Eingriff gerne vornehmen würde. Der Mensch sollte in Würde sterben können und die Option erhalten sein eigenes Leben zu beenden.

Wenn wir die Möglichkeit hätten unser Lebensende selbst zu bestimmen, erhebt sich die Frage, ob man es tun sollte. In meinem Leben habe ich die Erfahrung gemacht, alle Aufgaben, denen ich mich nicht gestellt habe und versucht habe mich an ihnen vorbei zu mogeln, wurden mir erneut präsentiert, als seien sie nur durch eine Lösung aus der Welt zu schaffen. Könnte der selbst herbeigeführte Tod von der Schöpfung als eine ungelöste Aufgabe beim Altwerden betrachtet werden? In welcher Form würde dann eine Wiedervorlage erfolgen? Ich kann mir weder ein Jenseits noch eine Wiedergeburt vorstellen. Meine Seele kann ich nur in Verbindung mit meinem Körper begreifen. Sie wurde geprägt von meinen Erlebnissen und Lebensumständen, sie bildet mein Ichgefühl. Wie könnte die so geprägte Seele in einem anderen Körper eine Heimat finden? In mir ist die Überzeugung gereift, dass mit dem Tod auch meine Seele stirbt, sowie bei der Verschrottung eines Rechners die darin gespeicherten Programme verloren gehen. Die Materie, aus der mein Körper gebaut wurde, bleibt nach dem Tod in irgendeiner Form erhalten und könnte als Baustoff für andere Konstruktionen dienen und sich mit einer Ganzheit, dem Universum, vereinen und auf diese Weise fortleben.

Die meisten Religionen versprechen dem braven Menschen das Paradies im Jenseits und drohen dem Bösewicht mit der Hölle, so wie man unerzogenen Kindern eine abschreckende Strafe androht. Der aufgeklärte Mensch erkennt in aller Demut, dass sein Lebensweg weitgehend determiniert ist, und er hat keine oder nur bescheidene Möglichkeiten von seinem vorgezeichneten Lebensweg abzuweichen. Sein ganzes Leben bildet nur einen Wimpernschlag in der Menschheitsgeschichte. Die Schöpfung ist auf die Entwicklung des Ganzen ausgerichtet und interessiert sich nicht für das Schicksal des Einzelnen. Das Paradies schafft sich der Mensch auf Erden, wenn er mit sich und der Umwelt in Harmonie zu leben versteht und Glücksgefühle erlebt. Und auch die Hölle findet in ihm hier statt, wenn seine böse Tat Erpresser und falsche Freunde anlockt, und Albträume ihn quälen.

Die Schöpfung weist Dimensionen auf, die wir nicht erfassen können. Sie hat sich evolutionär in Milliarden von Jahren entwickelt, vielleicht wurde sie nach einem genialen Plan von einem Schöpfer ersonnen. Der Mensch ist ein winziger Teil dieses Wunderwerks, das ein Ganzes umspannt und keine individuelle Chancengleichheit einräumt. Ich hatte das Glück in einer friedlichen Zeit in einem wohlhabenden Land aufwachsen zu können. Viele junge Soldaten im Krieg waren dazu verdammt, bevor ihr eigentliches Leben begann, mit aufgeschlitztem Bauch tagelang im Feld auszuharren, bevor sie endlich verrecken durften.

Wer am Ende des Lebensweges angekommen ist, der beschäftigt sich intensiv mit den eigentlichen Lebensfragen: Welche Aufgabe hat mir die Schöpfung zugedacht und worin besteht der Sinn meines Lebens? Viele Menschen streben nach Reichtum, Macht und Erfolg. Könnte das Lebensziel sein, ein angenehmes, luxuriöses Leben zu führen, mit möglichst wenig Arbeit? Ich halte ein luxuriöses Leben, ohne Arbeit, für langweilig und unerfüllt und strebe nicht danach, aber Erfolg kann schon etwas Berauschendes haben.

In unserer Zeit haben sich Konzerne zu global agierenden so genannten Global-players entwickelt, die sich ungeniert der vorhandenen Ressourcen bedienen, wenn eine hohe Rendite winkt. Es stellt sich die Frage: Wie weit darf der Mensch sich die Erde untertan machen und wie können wir den Folgegenerationen ein Überleben ermöglichen? Ich meine der Mensch darf sich die Welt untertan machen, aber er trägt Verantwortung für den Planeten und die Folgegenerationen. Wir dürfen nur das verbrauchen, was sich wieder neu bildet, also nachhaltig ist.

Bei Kriegen und in Zeiten der atomaren Bedrohung frage ich mich: Kann ich es verantworten Kinder in die Welt zu setzen, um den Fortbestand der Menschheit zu erhalten, wie es der biblische Auftrag gebietet? Ich beobachte das rasante Wachstum der Menschheit mit Sorge, unsere Erde wird von zu vielen Menschen bevölkert, und wir haben zu viele andere Lebewesen verdrängt. Um ihre Zahl auf ein tieferes Niveau zu senken, habe ich nur ein Kind, den besorgten Manfred, in die Welt gesetzt.

Die Genmanipulation halte ich für einen Eingriff in die Schöpfung, der äußerst bedenklich ist, da uns die Dimensionen des fein gewobenen Schöpfungsplanes nicht begreiflich sind. Die angestrebte Verbesserung könnte unkalkulierbare Folgen haben und eine Bedrohung der Menschheit nach sich ziehen, so wie man beim russischen Roulette nicht weiß, in welcher Position sich beim Abdrücken des Revolvers die tödliche Patrone befindet.

Viele Kulturen stellen eine Gottheit in ihren Mittelpunkt. Es scheint in der Natur des Menschen zu liegen, bei der eigenen Unvollkommenheit an die Allmacht und Unfehlbarkeit der Götter zu glauben und sich mit einem Jenseits zu beschäftigen. Ist ein entbehrungsreiches, irdisches Dasein erforderlich, um sich auf das Jenseits vorzubereiten? Sollte ich als Eremit der Welt entsagen und meine geistige Entwicklung in den Mittelpunkt stellen, um Vervollkommnung zu erlangen? Ich wünsche eine Grundversorgung meiner Bedürfnisse und strebe danach mit mir und der Umwelt in Harmonie zu leben und dadurch ein Glück hier auf der Erde zu erreichen.

Wenn ich zurückblicke auf mein Leben, kann ich feststellen, dass viele meiner Lebensziele nicht erreicht wurden, und ich Fehler gemacht habe. Das ertrage ich mit der Gelassenheit des Alters. Trotzdem sollte sich der Mensch Ziele setzen und nach ihnen streben, selbst wenn er sie nicht erreichen kann. Der Weg wird zum Ziel.